LA LÁMPARA DE ALADINO

colección andanzas

Libros de Luis Sepúlveda en Tusquets Editores

LUIS SEPÚLVEDA
LA LÁMPARA DE ALADINO

1.ª edición: septiembre de 2008
2.ª edición: noviembre de 2008

© Luis Sepúlveda, 2008
Publicado por acuerdo con Literarische Agentur Dr. Ray-Güde Mertin Inh.
Nicole Witt e.k., Frankfurt del Meno, Alemania
El cuento titulado «La lámpara de Aladino» se publicó por vez primera en el
volumen colectivo titulado *Las mil y una noches* (Editorial 451, Madrid)

Diseño de la colección: Guillemot-Navares
Reservados todos los derechos de esta edición para
Tusquets Editores, S.A. - Cesare Cantù, 8 - 08023 Barcelona
www.tusquetseditores.com
ISBN: 978-84-8383-111-3
Depósito legal: B. 49.958-2008
Fotocomposición: Anglofort, S.A.
Impresión: Limpergraf, S.L. - Mogoda, 29-31 - 08210 Barberà del Vallès
Encuadernación: Reinbook
Impreso en España

Índice

La porfiada llamita de la suerte

A don Aladino Sepúlveda,
primer *squatter* de la Patagonia

El veterano tenía varios hijos, hijas, nueras, yernos erráticos como el viento de la estepa y una caterva imprecisa de nietos desparramados por la inmensidad patagónica. A los ochenta y tantos años continuaba siendo el sostenedor de su prole, que se apegaba a él cuando los vientos todavía más fríos del largo invierno austral hacían sonar las tripas y el puchero se mostraba mezquino de carnes.

Además de años y familia tenía también un perro, el *Cachupín*, un *kiltro*, a decir de los mapuches, cuyas únicas habilidades eran la pereza y la manía de dormir con un ojo abierto, siempre atento a los movimientos del amo, pero cuando las vacas flacas se hacían presentes y el veterano, con el mate ya sin sabor pegado a una mano, le ordenaba: «*Cachupín*, llegó la hora, sacá a todos esos mierdas y después ponete fiero», entonces el perro se desperezaba, estiraba las patas, arqueaba el lomo, sacudía las orejas, enroscaba el rabo flaco y largo, y entraba a la cabaña entre ladridos y gruñidos de ferocidad desacostumbrada.

Uno a uno despertaba a hijos y yernos, que dormían bajo los efectos de vinos miserables, los jalaba de las piernas, desgarraba pantalones, a veces interrumpía a alguna pareja empeñada en darle más nietos al veterano y, así, entre puteadas, salían a enfrentar sus ojos legañosos con la gris luminosidad de la estepa.

—Perro de mierda —se atrevía a murmurar algún pariente.

—¡Callate, malacara! El *Cachupín* sabe lo que hace —espetaba el veterano e imponía silencio.

Luego esperaba a que la parentela se alejara hasta el camino que conducía a Cholila y, cuando las figuras eran apenas referencias inciertas en el horizonte plano, entraba a la cabaña de troncos gruesos traídos desde los bosques andinos que marcaban la frontera entre Argentina y Chile, tomaba asiento junto a una mesa de madera tan antigua como la misma casa, liaba un cigarrillo y esperaba la llegada de las sombras.

Mientras fumaba, sonreía al comprobar los movimientos de alerta del perro, que daba vueltas en torno a la cabaña gruñendo y lanzando miradas desconfiadas a los teros, a las ovejas empeñadas en encontrar hierbas entre el calafate, a todo lo que se movía en la estepa.

El veterano encendió el quinqué, dejó que la llama pasara del amarillo al azul, cerró la puerta e hizo lo que venía haciendo desde hacía treinta años cada vez que llegaban las vacas flacas. Enseguida se llevó una mano a la espalda, sacó el facón de la faja, cortó varias tiras delgadas de charqui, metió en la boca un buen trozo de aquella carne seca y dura hasta convertirla en un bolo húmedo y blando, la escupió sobre una mano y llamó al perro.

–Tragá, *Cachupín,* que es lo único que comerás hasta la vuelta.

El perro recibió el alimento, hizo amago de masticar, pero el veterano lo contuvo con una orden.

–¡Entero, *Cachupín!* Tragalo entero.

El perro obedeció y también tragó enteros los restos de charqui que el amo le fue tirando.

Desde la lejanía, los parientes cercanos y los no tan cercanos vieron el destello azul del quinqué a la entrada de la cabaña y esperaron –más por respeto al perro que al veterano– a que se alejara hasta no ser más que una débil y vacilante lucecilla perdiéndose en la vastedad de la noche. Entonces emprendieron el regreso hasta la construcción de troncos que en 1901 levantaran Butch Cassidy, Etta Place y Sundance Kid como refugio durante sus correrías por la Patagonia.

–¿Cómo vamos, *Cachupín?* –consultó el veterano.

El perro movió el rabo y dejó escapar un leve gruñido. Era la señal de que nadie los seguía y por lo tanto podían apagar el quinqué.

–Sigamos andando y conversemos, amigo. Me gusta hablar con vos porque, como sos un perro, no hacés preguntas –dijo el veterano y le contó que en realidad tendría que llamarlo *Cachupín VI,* «así, con números romanos», precisó, porque antes había tenido otros cinco perros de similar nombre y no por falta de imaginación o porque los nombres aparecidos en el almanaque de productos veterinarios le parecieran feos, sino por fidelidad a los buenos recuerdos. En realidad, se le confundían los afectos y las gracias que hacían los otros perros, pero se dijo, acariciando la cabeza del perro, que eso era lo mejor de ser tan viejo, esa mezcla arbitraria de recuerdos buenos sintetizados en un nombre: *Cachupín.*

Avanzaban con pasos lentos pero seguros los pies del veterano, enfundados en alpargatas, y las patas del perro conocían cada accidente del terreno que los conducía hasta la carretera de ripio a la que llegarían en un par de horas, y allí se sentarían, como siempre, a esperar el paso de un camión que los llevara hasta Esquel.

–Y así fueron las cosas –prosiguió el veterano, y le contó de los tiempos duros en los que la producción de lana se fue al infierno porque los ingleses abandonaron la Patagonia y abrieron nuevas estancias laneras en Australia. Él era chileno, por lo menos así lo aseguraba el único documento que poseía, pero el cuándo y con quién había cruzado a la Argentina se perdían en la nebulosa de los años. Recordaba, sí, la dureza de los despidos, las pocas monedas que los capataces dejaban caer a los más fieles, y la larga caminata, ya con varios hijos a cuestas, desde Las Heras a Cholila, buscando un lugar, un techo, un trabajo y algo de carne que tirar a la parrilla.

En Cholila, el con quién y cuándo tampoco lo recordaba con precisión, pero eso al *Cachupín* no le molestaba, escuchó hablar de la cabaña vacía de los bandidos gringos.

–Decían que había fantasmas, que penaban –le detalló al perro, y siguió contándole que un día se acercó hasta la construcción y le pareció una estupenda cabaña, sólida, levantada con troncos gruesos muy bien calafateados para que el viento no se colara en los cuartos, y además dotada de un lujo inusitado, pues tenía suelo de tablones machihembrados con tanta maestría que no se metía ni un bicho y caminar sobre ellos era un alivio para los pies cansados.

En la Patagonia nadie pregunta de dónde viene ni para dónde va el caminante, lo que importa es que llegó, de tal manera que tampoco nadie le preguntó si tenía permiso para instalarse en la cabaña de los bandidos y, así, empezaron a nacer más hijos que gateaban felices en el suelo liso.

–Creo que seis varones y dos nenas los hice yo, pero todos son míos porque el techo que los cobija es mío y ésa es la única ley que vale –continuó el veterano.

La carretera de ripio partía en dos la estepa, no era ni fácil ni grato caminar sobre los cantos movedizos, así que se sentaron muy pegados el uno al otro esperando el amanecer y al vehículo que los llevaría.

–Quedate a mi lado, y si paro de hablar me das un lengüetazo, porque tengo que mantenerme despierto. ¿Te he contado alguna vez que, cuando encontré el asunto, estaba vivo *Cachupín I*? Era parecido a vos pero más bruto –dijo el veterano, y el perro asintió con un bostezo.

Sus recuerdos retrocedieron cuarenta años y se vio más joven, con mejor vista, y hábil en la preparación de la argamasa con que se disponía a calafatear unas junturas de troncos por los que se colaba el viento. En aquel tiempo la cabaña tenía dos ventanas y por ellas

15

entraba la luz que daba justo sobre el lugar en que se disponía a trabajar. Empezó a retirar las hilachas de calafate, y de pronto sus dedos se toparon con una hendidura de bordes suaves, en ningún caso hecha por termitas, pues era pareja, uniforme, fruto de un trabajo diligente y oculta por las varias capas de calafate y barro que la cubrían. El espacio entre los dos troncos apenas le permitía meter la mano extendida, pero cuando sus dedos se curvaron hacia abajo, palpó algo frío, metálico, circular, y que además se movía.

–Pensé que eran botones de uniforme, botones de milico, qué boludo tan grande era yo por entonces. ¿Se me habrá quitado lo boludo, *Cachupín*?

El perro movió las orejas y acomodó el morro sobre las piernas del amo.

Los dedos del veterano rozaron esos bordes circulares, movió la mano hasta dar con un extremo y, haciendo pinza con los dedos índice y corazón, sacó uno de los trozos de metal.

La moneda conservaba un brillo hiriente, en una cara se podía leer «Banco de Londres y Tarapacá», y en la otra «un peso de oro».

En 1905, Butch Cassidy, Sundance Kid y otro sujeto de la Pandilla Salvaje asaltaron la sucursal de Punta Arenas del banco más aristocrático de Chile y se llevaron un botín cuyo monto jamás se precisó.

–Qué boludo era yo. Cosa de la juventud, supongo. Me di cuenta de que allí había un tesoro, pero no me resistí a correr a la pulpería de Cholila para vender esa moneda. Qué mal lo pasé, no te imaginás lo mal que lo pasé.

Y vaya si lo pasó mal. Apenas el pulpero vio la moneda encima del mesón, en lugar de responder al «¿cuánto me da por esto?», llamó al jefe de los gendarmes, éstos lo llevaron a empellones hasta el cuartel, él recibió la primera paliza de su vida y pasó varios días colgado boca abajo, como un carnero recién degollado, mientras los gendarmes vaciaban la cabaña, golpeaban los muros de troncos buscando inútilmente un sonido de riqueza y levantaban el suelo de tablones. Gritaron de júbilo al descubrir el cofre de hierro, mas al abrirlo, los cientos de billetes ya sin valor y apenas un puñado de monedas de plata transformaron las risas en un maldecir amargo.

–Yo morí piola, *Cachupín*. No les dije nada del otro escondite, y entendí que la riqueza es lo peor que les puede pasar a los pobres.

Poco antes del amanecer pasó un camión maderero y se detuvo ante los gestos del veterano, que saludó:

–Vamos a Esquel, paisano.

–¿Cómo que «vamos»? No veo a nadie más –dijo el camionero.

–El perrito va conmigo, si no le importa.

–Mientras no se mee, cague o hable de política... –precisó el camionero.

La cabina del camión estaba tapizada con fotos de mujeres y niños. El veterano, con el perro sobre sus piernas, escuchaba atentamente al camionero.

–Así como los marinos tienen un amor en cada puerto, los camioneros tenemos un hogar en cada cruce de caminos. ¿Ve a la morenita? Dos hijos tengo con ella en El Maitén, y esa otra, la rubia, a ésa le hice un hijo en Bariloche y por un pelo me salvé del matrimonio. En cambio, la petisita de al lado, ¡ésa sí que es mina, abuelo! Tres machitos me ha dado en Comodoro Rivadavia y me espera con mate y tortas fritas. ¿Usted tiene hijos, abuelo?

–Más que dedos, paisano, y sé contar hasta veinte.

El camionero rió con estruendo y para celebrar la gracia del veterano hizo sonar repetidamente el claxon. Todavía riendo, le preguntó para qué iba a Esquel.

–Al médico vamos, así que gracias por llevarnos.

–¿Le pasa algo, abuelo? ¿La panza, la próstata, los bofes?

–A mí no me pasa nada, al perro le duele algo –contestó el veterano, y el *Cachupín* puso los ojos en blanco.

Llegaron a Esquel cuando el sol se había levantado por el Atlántico. El camionero los dejó a la entrada de la ciudad y ellos echaron a andar hacia el centro.

–Aguantate, *Cachupín*. Sé que tenés hambre, sed y ganas de cagar, pero aguantate, che, que falta poco.

Siguieron andando, el perro pegado a las piernas del amo, escuchando la misma historia que el viejo le contaba desde la primera vez que se echaron juntos al camino.

Durante los años siguientes al hallazgo del tesoro, cada vez que tomó unas monedas se metió en líos de

18

los que salió mal parado. Una vez viajó hasta Bariloche para vender dos monedas y una banda de maleantes avisados por el posible comprador, un anticuario, lo patearon hasta que los convenció de que las había robado a un joyero de Epuyén. En otra ocasión, los gendarmes de Río Mayo lo maquinearon, agotaron baterías dándole pinchazos eléctricos para que confesara dónde había encontrado las monedas, y cuando lo liberaron, tras hacerles un mapa tan imaginario como fulero, se juró que esa riqueza lo obligaría a ser inteligente.

–El hombre aprende a porrazos, *Cachupín*. Durante los siguientes diez años no toqué nunca más esas monedas. Se había corrido la voz y cada vez que me alejaba de Cholila, eran o malandras o, peor, milicos los que me esperaban para empelotarme. Si supieras la de cristianos que me han visto en bolas... Pero, como te digo, decidí ser inteligente, y al *Cachupín II* le enseñé las mismas gracias que vos sabés.

El segundo perro no había sido un portento de inteligencia y tardó más de la mitad de su vida en aprender que, si cagaba sólo cuando el amo lo ordenaba, la recompensa era jugosa y con sabor a bife. El *Cachupín III* aprendió más rápido y el viejo lo cruzó con una buena perra, se quedó el mejor cachorrito, *Cachupín IV*, que al año entendió las reglas de juego. Y en cuanto al V y al VI, los genes hicieron que esos perros nacieran sabiendo lo que se esperaba de ellos.

–Lo del quinqué se me ocurrió más tarde. Vos conocés la historia.

El *Cachupín III* era apenas un cachorrito cuando juntos fueron hasta El Bolsón para vender unas pieles de zorro. En la plaza encontraron una multitud rodeando a unos titiriteros que mostraban una obra llegada de la lejana Arabia. El veterano, con la boca abierta, vio contar a los muñequitos el cuento de un paisano que, por el mero hecho de frotar una lámpara de la que surgía un genio, se había liberado de la miseria.

–«Anoche tuve un sueño», les dije a los parientes. «Soñé que encendía un quinqué y los fantasmas de los bandidos gringos hablaban conmigo. Me decían adónde tenía que ir para conseguir algunos pesos. Claro que los fantasmas quieren hablar conmigo y con el perro, con nadie más.» Si hubieras visto las caras que pusieron...

Lo miraron como a un demente y, además, peligroso, ya que todo el mundo suponía que en esa cabaña había fantasmas, así que se alejaron en silencio y desde una muy prudente distancia observaron la tenue llamita del quinqué. El veterano aprovechó la soledad para sacar una moneda, y con la ayuda de un lápiz de grafito estampó las dos caras en hojas de papel de fumar. Esa misma noche y en compañía de *Cachupín III*, se puso en marcha rumbo a Esquel, la ciudad más grande.

Eran tiempos de miedo. Los milicos pasaban armados hasta los dientes, las gentes bajaban la vista y estaba prohibido hablar en grupos de más de dos personas. El veterano y el perro se pasearon por la ciudad buscando algo, a alguien, sólo que sin saber quién ni cómo sería. Así llegaron hasta la plaza central y ambos observaron atentamente a la muchacha que, tras una mesita plegable, esperaba clientes a los que ofrecer sus servicios de mecanógrafa. Una máquina de escribir verde se cubría del polvo de la Patagonia.

–Cómo está, paisanita –saludó el veterano.

–Bien, señor. ¿Quiere que le escriba una carta?

–Vos no sos de aquí, ¿me equivoco? –preguntó.

–¿Y a usted qué le importa? –preguntó a su vez la muchacha, y el veterano supo que en sus ojos y en su voz había dolor, un dolor de derrota, de pérdida definitiva.

–A partir de este momento sos de aquí –le aseguró el veterano, y la muchacha sonrió.

–¿Qué quiere de mí?

–Tu inteligencia, porque te ves inteligente. Tu educación, porque te ves educada. Y tu valor, porque te ves valiente.

Se sentaron a hablar bajo los árboles, alertas y al mismo tiempo ajenos al miedo. El veterano le entregó las hojas de papel de fumar y le encargó que buscara en el mundo a quien vender un par de esas monedas. Él y el perro regresarían en dos meses.

–Confío en vos y ahora somos socios. No quiero saber ni tu nombre ni dónde vives. Lo único que te pido es un poco de azúcar y algo de yerba mate para regresar a mi casa con algo entre las manos.

Cuando sus parientes cercanos y los no tan cercanos lo vieron volver con medio kilo de azúcar y un paquete de yerba Rosamonte, se convencieron de que, en efecto, hablaba con los fantasmas de los bandidos gringos.

A los dos meses, el veterano y *Cachupín III* regresaron a Esquel luego de encender el quinqué y hablar con los fantasmas. La muchacha los esperaba tras la máquina de escribir verde. Aguardaron a que terminara de tipear una carta dictada por un gaucho a su madre lejana, bastante emotiva a juzgar por las lágrimas que derramó el hombre al escucharla, y se sentaron una vez más bajo los árboles.

–Tú dirás, socia –indicó el veterano.

–Hay un comprador. Es bastante dinero; no me lo puedo creer, pero esas monedas valen mucho –dijo la muchacha.

–La mitad es tuya, por algo somos socios.

–Aún no le he dicho cuánto ofrecen.

–No importa. No quiero dinero, me lo robarían o no podría explicar su origen. Mi parte la quiero en tabaco, azúcar, yerba, sal, fideos, aspirinas y dulces, muchos dulces para los nietos. Te dejo las señas de mi hija mayor y lo mandás todo al correo de Cholila. En una nota ponés que es un regalo de los fantasmas.

–Pero ¡¿no irá a decirme que tiene las monedas aquí?!

–Yo no las tengo –contestó el veterano, y ordenó al perro que se acercara–. Ahora, *Cachupín*. Ahora, hacé caquita.

El perro alzó el rabo, flexionó las patas traseras, pujó, y dejó caer unas cagarrutas duras de las que sobresalían los bordes dorados de dos monedas.

El veterano y el *Cachupín VI* llegaron hasta una casa rodeada de rosales. Al timbre acudió una muchacha de larga cabellera negra que apenas lo vio se le echó al cuello al tiempo que anunciaba al abuelito. La mujer que lo recibió seguía siendo hermosa, lucía algunas canas y unas arruguitas que se mostraban llenas de vida al sonreír. Ya no había dolor ni en su mirada ni en su voz.

–Pase, pase. Vamos a tomar un mate.

–Nunca le digo que no al amor de la pavita. Pero luego me dejás que te pode los rosales.

Hablaron, se acordaron de muchas cosas bellas de recordar y olvidaron otras que merecen ser olvidadas, porque la vida es así. Más tarde, el *Cachupín VI* hizo su parte del negocio y emprendieron el camino de regreso hacia Cholila, a la cabaña que los bandidos gringos levantaron en un lugar perdido de la Patagonia.

El veterano y el perro iban contentos, porque la vida es así. La época de vacas flacas volvería, porque la vida es así. Y, una vez más, en esa cabaña de troncos llegados de lejanas cordilleras se encendería la débil llamita del quinqué de la fortuna, porque la vida es así.

Café Miramar

A la memoria de Naguib Mahfuz

Al atardecer cesó el viento arenoso del desierto y el viejo Mediterráneo unió su olor salobre al aroma sutil de los magnolios. Era el mejor momento para salir de la tan pobre como digna casa museo de Kavafis y dar un paseo por los callejones de Alejandría antes de regresar al hotel. El aire resultaba embriagador, sentí sed, y recordé que en el minibar de la habitación me esperaba una botella de cava comprada en el aeropuerto de Madrid. Se me ocurrió un buen motivo para apurar el paso y, así, pasé de largo frente a varios bares cuyas terrazas invitaban, pero no tenía deseos de beber el café dulce de los egipcios o la odiosa cerveza sin alcohol, desabrida como los preceptos religiosos que la imponían. Lo primero que hice al llegar al hotel fue comprobar la existencia de la botella. Ahí estaba, horizontal y fría, y al parecer no pasó inadvertida al personal de servicio, ya que unas manos anónimas y laicas habían tenido la gentileza de dejar dos copas champañeras sobre la consola.

–Quienquiera que hayas sido, yo te bendigo –murmuré abriendo las puertas del balcón. Había comprado el champaña para celebrar mi visita a la biblioteca de Alejandría, un edificio ultramoderno construido por un arquitecto noruego que terminó decepcionándome porque le negó el mar al edificio. Así que salí al balcón dispuesto a brindar por el poeta Konstantinos Kavafis.

Estuve en tu casa, viejo amigo; un hombre triste y adormecido me pidió unas cuantas libras egipcias, luego me entregó la llave de la puerta indicando que al marcharme debía dejarla bajo el felpudo de esparto. «Nadie roba en la casa de un poeta», supongo que murmuró al ver mi desconcierto, y se marchó arrastrando un cansancio viejo de huesos que tal vez se quejen en alejandrinos. Ocupé tu silla y abrí, sobre tu escritorio, algunos libros escritos en la lengua de Homero y Katzanzakis, es decir, me comporté como uno de los Bárbaros y, en consecuencia, ocupé tu lecho, cerré los ojos y lamenté mi suerte de bárbaro inadvertido. Salud, pues, viejo amigo.

El ocaso teñía el mar de un melancólico color plata, y me disponía a levantar por segunda vez la copa cuando, del balcón vecino, me llegó una voz de mujer que, pese a cantar en un tono muy bajo una canción de Kurt Weill, no lograba ocultar su acento berlinés.

–*«Surabaya Johnny, warum bist du so roh?…»*

Nos separaba un pequeño muro cubierto de macetas y no precisé dar más de dos pasos para verla: ocupaba una silla reclinable, llevaba un vestido blanco de lino, que siempre se me ha antojado la tela más noble para vestir a una mujer, y reposaba los pies descalzos sobre un taburete.

–Ese Johnny debe de haber sido terrible, *«du bist kein Mensch, Johnny»* –saludé enseñando la botella y las dos copas.

–*«Und ich liebe dich so»* –cantó indicando el taburete.

–¿Berlinesa? –pregunté ofreciéndole la copa.

Antes de responder chocó su copa con la mía, bebió un sorbo, la dejó sobre la mesilla, se llevó las manos a la tupida cabellera rubia que le llegaba hasta los hombros y la deslizó hacia atrás en un movimiento de agua áurea. Era griega, pero había vivido varios años en Berlín; era, aseguró con un dejo de nostalgia, una de las últimas griegas de Alejandría.

Hay mujeres cuya compañía invita al silencio, porque saben compartirlo, y no hay nada más difícil ni más generoso. Bebíamos pausadamente y mirábamos el mar. Muy cerca, en algún lugar bajo la superficie, estaba la estatua del Coloso, también en silencio, y los silenciosos libros destruidos de la gran biblioteca de Alejandría diseminados por toda la costa eran tal vez el sustento fértil donde crecían las palmeras de la costanera. Así, el sol sucumbió por occidente y las sombras tendieron su velo sobre el Mediterráneo.

La invité a cenar, añadiendo que sin duda ella conocería un restaurante donde pudiéramos beber un buen vino.

–Hoy no puede ser. Pero lo espero mañana a las siete en el café Miramar –dijo incorporándose y dando a entender que empezaba a sentir frío con el gesto de cruzar los brazos dejando las manos sobre los hombros desnudos.

Al día siguiente hice lo que tenía que hacer, nueva visita a la biblioteca, conferencia en el Instituto Cervantes, café dulce con unos estudiantes egipcios, y por la tarde, a eso de las seis, pregunté en la recepción por el café Miramar.

–¿Está seguro? No hay ningún café Miramar. Hubo uno, en el tiempo de los griegos, pero cerró hace muchos años –sentenció el recepcionista.

Deduje que si el café se llamaba Miramar tenía que estar en la costanera, y eché a andar, consultando en diferentes bares frecuentados por individuos que jugaban backgammon fumando pipas de agua y expulsando gruesas bocanadas de humos aromáticos. Ninguno supo dónde estaba el café.

A medianoche regresé al hotel. En lugar del recepcionista encontré a un viejo portero nocturno y le pregunté si la señora de la habitación vecina a la mía ya había subido. El viejo me miró con extrañeza y en un inglés bastante torpe dijo que era imposible, que esa habitación no se ocupaba, que en ella guardaban los muebles de la antigua propietaria del lugar, una alemana que...

–Griega –lo interrumpí–, una de las últimas griegas de Alejandría.

–Tiene razón. Era griega –admitió, y quiso contarme una historia que interrumpí con un gesto.

Vivo con mis fantasmas, los acepto y los convoco.

Tal vez fueron los versos de Kavafis los que me hicieron beber champaña con un inolvidable fantasma de otras vidas. Tal vez el desierto me obsequió ese bello *fata morgana* junto a la orilla del mar, territorio de salvación o desamparo.

Hotel Z

A mi hermano Julio García, «el Siete»,
asesinado por la policía de Quito

Una suerte de conjura jamás explicitada entre los viajeros que visitaron el establecimiento me impide citar su dirección, pero valga decir que el Hotel Z estaba, y quién sabe si aún está, en Tres Fronteras. Ahí, donde sin que le importe a nadie se tocan las fronteras ilusorias de Perú, Colombia y Brasil, el Hotel Z es –y uso el presente porque sueño con regresar a él– asediado por su huésped más insistente y fiel: la selva, que lentamente se va apropiando de las habitaciones. El Siete y yo compartimos largos y monótonos días de lluvia en ese hotel. El Siete era un periodista chileno, talentoso dibujante además de fotógrafo, al que un militar chileno intentó cercenar la mano derecha en el Estadio Nacional de Santiago. El militar, un pedazo de bestia llamado Jaime Morén Brito, odiaba, como todos los militares, las manos de los hombres de talento. Por esa misma razón, antes de asesinar a Víctor Jara, otro degenerado con galones de teniente, llamado Edwin Dimter Bianchi, le cercenó las manos y luego le tiró una guitarra para que tocara. También al maravilloso pianista argentino Miguel Ángel Estrella intentaron amputarle las manos en una prisión uruguaya, pero el querido «Chango» sigue tocando.

Al Siete lo sujetaron entre varios uniformados y pusieron su mano derecha sobre una banca, vino el golpe y, en el momento exacto en que la culata del fusil Garand caía sobre su mano, logró moverla y así perdió tres dedos pero salvó el pulgar y el meñique. Con sólo siete dedos, su pasión por el dibujo se transformó en algo más que una necesidad: en un desafío. Los chilenos nos caracterizamos por ser muy tercos, altivos, bastante porfiados, y el Siete no era una excepción: aprendió a sujetar el lápiz entre el pulgar y el meñique derechos, y, entre otras obras de arte, durante años falsificó los mejores pasaportes y visados que precisábamos para sobrevivir en el exilio.

El Siete dibujó los detalles más llamativos del Hotel Z mientras la lluvia caía sin pausa y, tumbados en las hamacas, hacíamos lo único que se hace en días así: beber cerveza en silencio, porque la hermenéutica de los amigos consiste en respetar los silencios del otro. Muchos años después quise escribir sobre el extraño hotel y le pedí que me enviara sus dibujos para ayudar a mi memoria. Tardó en encontrarlos porque el Siete no le concedía demasiada importancia a lo que pintaba o dibujaba, y finalmente me los mandó por fax, ese curioso invento intemporal que escupía mensajes, fotos, dibujos que lentamente iban desapareciendo desde el centro hacia los bordes de la hoja.

Los dibujos de mi amigo el Siete desaparecieron con el paso de los años, pero mi memoria los registró, los veo al cerrar los ojos, y gracias a ellos puedo construir esta historia.

Según algunos de los parroquianos a los que conocimos y con los cuales compartimos aquel tiempo de lluvia y canícula, el Hotel Z abrió sus puertas en la época dorada del caucho, cuando todos los habitantes de Perú, Ecuador, Colombia y Brasil iban a ser ricos, y entre sus primeros clientes se contó a Henry Ford. El millonario fabricante de vehículos quiso conocer los árboles de los que manaba generoso el látex que hacía rodar sus cacharros.

Otros aseguraban que el Hotel Z fue un desvarío más de Fitzcarraldo, y que el demencial melómano había financiado su construcción para alojar a Caruso. Sin embargo, los más escépticos sostienen que fue un capricho del legendario Gálvez, el aventurero que, seguido por un séquito de veinte incondicionales putas francesas decididas a ser emperatrices de ninguna parte, se declaró emperador del estado brasileño de Acre.

Pero ni a mi amigo el Siete ni a mí nos interesaban las divagaciones de aquellos sujetos sedientos de charla y ron, porque el hotel estaba ahí, con sus cuartos y rincones llenos de detalles que resistían el paso del tiempo, que insistían en ser invencibles, como la memoria.

Hay, por ejemplo, un cocodrilo de cemento instalado en una fuente que antaño asombró con sus juegos de agua. En la primera mitad del siglo XX, el coronel Gerald Scott Morrison –se hacía llamar con ese grado aunque nadie supo jamás en qué arma se ganó los galones– opinó que los yacarés, los caimanes de la selva circundante, eran pequeños como lagartijas y que, en consecuencia, su deber de biólogo –también se hacía llamar doctor pero nunca precisó en qué universidad se había graduado– le ordenaba corregir tal anomalía para salvaguardar la reputación de los últimos parientes de los dinosaurios.

Hombre de acción y fiel a su palabra, el coronel Morrison hizo traer un cocodrilo macho del Nilo, un enorme saurio al servicio de la ciencia británica cuyo único deber era copular frenéticamente y sin pausa entre los pantanos y manglares.

El orfeón municipal de Leticia interpretó las fanfarrias de rigor junto al pantano de Tumba dos Pretos, un lodazal formado por las crecidas del Amazonas sobre un antiguo cementerio de esclavos africanos, y al grito de *God save the Queen!*, dejaron libre al animal.

Algo torció la voluntad reparadora del coronel Morrison, porque el mejorador de la raza yacaré no consiguió acercarse a ninguna hembra, los lugareños lo transformaron en el blanco de sus mofas y la humillación del cocodrilo afectó al coronel hasta la depresión. Primero se entregó al consuelo del whisky, luego pasó a la ensoñación placentera del ron traído de Caldas y, más tarde, a las brutales borracheras con cachaza. Con la lengua adormecida por el alcohol, consumía sus días insultando al saurio, que soportaba las ofensas con los ojos cerrados.

Finalmente, y como una demostración de disciplina británica, el coronel decidió castigar la falta de virilidad del cocodrilo aumentando el escarnio y lo encerró en una pileta circular en la que instaló una serie de canillas. Según los viejos habitantes de Leticia, era una hermosa fuente y sus juegos de agua sugerían una enorme orquídea transparente. El castigo del cocodrilo fue un encierro circular en medio de los portentosos movimientos del agua que, de tan bellos, al coronel Morrison se le antojaron justicieramente afeminados.

A fuerza de dar vueltas sin destino, el cuerpo del cocodrilo se fue arqueando, y así murió, con un dejo de medialuna en el lomo blindado, viejo y lleno de nostalgias por su lejano Nilo.

El coronel Morrison también murió, su corazón orgulloso dejó de latir durante una tarde de gallos y ya nadie habla de él, pero el cocodrilo sigue ahí, porque los lugareños no se atrevieron a sacarlo de la pileta y, para evitar el hedor, lo cubrieron de cemento. Primero fue un bloque sin forma, hasta que un artista anónimo, huésped del hotel, conmovido por su historia decidió devolverle su aspecto original y esculpió sobre la dura mole.

El cocodrilo de Morrison fue tema de tarjetas postales que aún se pueden comprar en los anticuarios de Leticia, Tabatinga, Benjamín Constant, Puerto Alegría o Islandia.

En el segundo piso del Hotel Z, si aún sigue viéndose desde allí el Amazonas, hay una habitación memorable y es la única que no se alquila. A ella se llega subiendo una escalera de gastados peldaños y pasamanos de caoba. Los rumores y aromas de la selva cercana entran por las ventanas abiertas o bien cerradas con persianas de madera, a las que los años y el viento han arrebatado algunas de sus hojas inclinadas. Al entrar, lo primero que se ve es la gran cama cubierta por la sutil gasa de un mosquitero que hace de dosel. En esa cama solía retozar la pareja de concubinos más famosa de la Amazonia: Mauricio –nunca se conoció su apellido– el Gallero, y Josefina Moreno da Silva, llamada también la Mujer del Prójimo, por haber sido la más deseada, aunque no exista ningún testimonio que lesione su prestigio.

Mauricio el Gallero y Josefina Moreno da Silva recorrían el gran territorio de la humedad sin fronteras a lomo de acémilas o en grandes canoas cargadas con las jaulas de los pequeños campeones emplumados que el hombre atendía con paternal empeño. Los gallos de Mauricio eran invencibles y viajaban ocultos a los ojos de los curiosos en jaulas cubiertas por lonas perforadas para que pasara el aire. Tan sólo en la tensa atmósfera de la gallera se podía ver a sus poderosos Claretes armados con púas de dos pulgadas, a sus Kelso siempre nerviosos y con los ojillos llenos de odio, a los vigorosos McRae de plumaje azabache y crestas recortadas, a los Muffs, máquinas de matar con sus espolones de tres pulgadas, o a sus delicados Gallos de España de plumaje blanquinegro, a los que Mauricio definía como «viejos gladiadores que aprendieron a luchar en la lejana Babilonia».

A su paso por los poblados amazónicos, los gallos

de Mauricio dejaban los corrales teñidos con la sangre de sus adversarios y en los galleros contrincantes el sabor de la derrota, más amargo aún cuando, sentados a la mesa, sorbían la sopa de sus campeones derrotados.

Mauricio, con un gran cigarro de hoja dura prendido a sus dientes, anotaba las deudas, cobraba otras pendientes a los apostadores o a aquellos cuyas gallinas de raza habían sido montadas por alguno de sus portentos. Tuvo fama de hombre sensato. Entendió que los intereses de los documentos impagos se anotaban con odio.

Cuando algún criador con los restos de su último gallo todavía tibio en las manos le suplicaba por una última chance en el corral, Mauricio le preguntaba cuánto le debía, qué gallo le quedaba y si tenía plata contante que apostar.

Si en la respuesta del hombre escuchaba el sincero eco de la miseria, entonces buscaba los pagarés firmados por el suplicante, les daba lumbre y encendía con ellos el grueso cigarro de hoja dura que siempre tuvo entre los dientes.

«A gallo desplumado, deudor olvidado», le decía, invitándolo luego a beber el ron seco de los hombres sin destino, mientras Josefina Moreno da Silva templaba la guitarra y entonaba melancólicas canciones de origen tan incierto como el amor o la dicha.

Muy cerca de la cama se ve la puerta de dos batientes que da paso al balcón orientado para recibir la brisa del río, con las persianas de junco a medio subir,

41

inmovilizadas por el tiempo y la desgracia, porque por ahí entró el asesino, sigilosamente se acercó al hombre que dormitaba la dulce fatiga del amor, y vació su revólver sobre el desprevenido gallero. Junto a la cama está el reloj de cuco detenido dos minutos antes de las seis de la mañana. Una de las balas asesinas detuvo para siempre el tiempo del hombre y de la máquina. Si la Parca se hubiera atrasado dos minutos, el gallito de madera que reemplaza al cuco original de la Selva Negra habría salido para anunciar la hora sexta del día, y la mano derecha de Mauricio, prolongada en el Smith and Wesson calibre 38 que siempre dejó bajo la almohada, habría ganado la partida.

Al fondo de la habitación, en el mínimo cuarto que sirve de ducha, manos anónimas colgaron un retrato de tamaño natural que muestra a Josefina Moreno da Silva presenciando la muerte de su hombre y vestida nada más que con una toalla. Así estaba cuando se cometió el crimen, tapada de cintura para abajo, las dos manos pegadas a su boca en una expresión de pánico, y sus generosos senos de pezones oscuros apuntando a los costados como la imagen francesa de la patria. Lo que ocurrió con ella y con su vida después del asesinato fue un misterio durante muchos años, hasta que alguien, un lugareño de Orellana, la reconoció como integrante del circo itinerante de Leocadio Urzúa, un espectáculo de magos y funambulistas que recorría los poblados ribereños, oculta bajo el pomposo nombre de Casandra, la quiromántica y adivina incapaz de anticipar su propia desgracia.

Otra puerta de la habitación, cerrada desde el día del crimen, enseña a través de las persianas la terraza con las cuatro sillas mecedoras en las que solía sentarse la pareja junto al dueño del corral de gallos, el alcalde y algún cantor de paso, para charlar con el acento cansino de las gentes del manglar, dividir las ganancias, beber ron y revisar las inexplicables cuentas que contrae la vida.

En la planta baja se alinean las habitaciones de menor categoría, y en el amplio galpón de los lavabos se conserva un espejo, enmarcado en madera, que luce unos grabados en los que se ven camellos galopando frente a arces solitarios. Es el único recuerdo dejado por Abdul Garib el Masín sobre esta tierra.

Cuentan que era un libanés de barba cerrada y negra que apareció un día cargando un misterioso fardo al que nadie se podía acercar y mucho menos tocar, y un barril de azogue.

«Te comportas como un mago y no eres más que un fabricante de espejos», le dijo alguno al descubrir que el bulto contenía láminas de vidrio protegidas por periódicos viejos.

«Sí, pero en mis espejos se ve la parte buena de la gente», respondió el libanés.

Y aunque las gentes de la Amazonia desconfían de los milagros, pues sólo acarrean desgracias, dicen que al parecer era así, y para ilustrar la afirmación se remiten a la historia de Benjamín Chang, el barbero chino que lo hospedó a cambio de un espejo.

A la barbería de Benjamín Chang no entraban demasiados clientes, tal vez dos por la mañana y tres por la tarde, de tal manera que los dos hombres dispusieron de mucho tiempo para hablar de sus asuntos. Bebiendo té azucarado contemplaban la soledad de la calle azotada por la canícula, y el chino le confesaba que el Amazonas le recordaba al Yang-Tsé, pese a que jamás había pisado China, pues lo habían parido a la rápida en un lugar incierto entre Chile y Bolivia. Representaba a la quinta generación de nómadas que se había dado en su familia; la primera había huido para escapar a la esclavización feudal, la segunda salvándose de los esclavizadores europeos. Los sobrevivientes de la tercera fueron esclavos de los norteamericanos y construyeron el gran ferrocarril que unió los dos océanos; la cuarta fue esclavizada para cavar el canal de Panamá y posteriormente casi fueron exterminados en las explotaciones guaneras chilenas y peruanas.

«Ésa fue la peor parte de la historia: trepados a unos peñascos escarpados en medio del mar, hombres y mujeres, niños y ancianos, sacando mierda para fertilizar tierras cuyos productos jamás probarían. Algunos caían al mar de pura debilidad, otros eran arrastrados por las olas traicioneras del Pacífico, ninguno sabía nadar pero aprendieron a agarrarse a cualquier cosa que flotara para salir de ese infierno. Mis honorables padres lo consiguieron, saltaron al agua aferrados a unos tablones que soltaron del muelle y se dejaron llevar por las corrientes hasta que la marea los arrojó a una playa cerca de Antofagasta. A fines del siglo XIX, los chinos fugados de las guaneras eran considerados peores que animales y debían ser exterminados. En la fuga hacia el este, huyendo del mar cruzaron el desierto de Atacama. En el viaje decidieron hacerme y así llegué al mundo como un prófugo. No soy ni chileno, ni peruano, ni boliviano, soy un chino en fuga, y ese condenado río con una sola orilla me cierra el paso», narraba Benjamín Chang mientras el libanés mezclaba hojas de jazmín en el té.

«Si bien es cierto que nací en Al Batrun, no estoy seguro de mis ancestros. Los libaneses siempre hemos huido de los invasores: fenicios, asirios, egipcios, griegos, romanos, árabes, turcos, franceses, que nos obligaban a servirles o a comerciar con ellos. Así, siempre estábamos huyendo para que no nos engañaran o para evitar la venganza de aquellos a los que habíamos engañado. Soy un hombre de paso que no deja huellas: dejo espejos», contaba Abdul Garib el Masín, ajeno a cualquier expresión de rencor.

A los pocos días de estar en Tres Fronteras, terminó el espejo para el chino y él mismo lo colgó frente al sillón reclinable de bronce, porcelana y cuero.

Los hombres que entraban a la barbería se contemplaban primero con cierta indiferencia, acomodados en el sillón y atentos a que la navaja del chino no les llevara un moflete o media oreja, pero cuando volvían a abrir los ojos tras el relajante masaje de las toallas calientes, el espejo les devolvía una imagen azorada. Entonces, por primera vez pagaban sin chistar, sin quejarse de inexistentes raspaduras de la navaja, incluso dejaban generosas propinas, y salían de la barbería sobándose las mejillas suaves como tetas de monja, con la ferviente disposición de ser un poco menos cabrones.

El segundo espejo del libanés fue para el carnicero de Tabatinga, un portugués alentejano que insistió en ponerlo detrás del mostrador para ver duplicadas las piezas colgadas de los ganchos.

Los clientes se miraban entre costillas de cerdo y cuartos de vaca, las comadres perdieron la desconfianza desde el primer día, aceptaban con agrado los cortes certeros del portugués, y en casa se dejaban alabar por la ternura de los comensales, que elogiaban esas carnes blandas, esos churrascos y chicharrones para la *feixoada* cocinados con mano de santa.

Más tarde, a petición del cura de Puerto Alegría, colgó otro espejo tras la pila del agua bendita, y el cepillo engordó con la súbita misericordia de los pecadores redimidos.

Cuentan que todo marchó bien hasta que confeccionó un bellísimo espejo con marco barroco para la mujer del alcalde de Islandia. Abdul Garib el Masín se encargó personalmente de asegurar la alcayata y de nivelar el espejo que reflejaba el lecho conyugal, y se retiró luego de indicar a la feliz propietaria que sus espejos sólo se limpiaban con una solución de alcohol y vinagre.

Una semana más tarde, el edil convocó al pueblo en la Plaza de Armas, y con el rostro desencajado anunció la devolución de unos fondos escolares con los que había pagado varias hectáreas de pastizal y algunas juergas en los burdeles de Leticia. Los convocados no salían de su asombro ante tamaña confesión, y su estupefacción aumentó cuando la primera dama de Islandia dio por terminadas de una vez y para siempre sus relaciones extramaritales con el capitán de bomberos, el contable de la alcaldía y un vendedor de productos veterinarios cuyo nombre omitió por elemental recato.

Abdul Garib el Masín fue acusado por los tres gobiernos limítrofes de subvertir el orden público, y mientras las autoridades peruanas, colombianas y brasileñas discutían acerca de a qué país le correspondía apresar al libanés y conducirlo por los senderos sin retorno de la selva, éste tomó las de Villadiego junto a su amigo Benjamín Chang.

Hay quienes juran haberlos visto mientras se alejaban en una canoa a motor, pero –y sin que importe la forma de la que se valieron para continuar con sus destinos de nómadas– lo cierto es que navegaron el Amazonas hasta su desembocadura y bajaron a tierra en la orilla norte. En Cayena, la extraña ciudad francesa de costas bañadas por un Atlántico color terracota, estuvieron un breve tiempo dedicados a sus oficios, y de ahí siguieron a Paramaribo, pues los holandeses aman a los barberos diestros y el comercio precisa de espejos que multipliquen la visión de sus bienes. En el cuarto de lavabos del Hotel Z quedó el espejo adornado con camellos y arces. Ningún cliente ha abandonado el establecimiento sin pagar.

Jan Skerenson apareció una mañana de lluvia, pidió un cuarto que no mirara a ninguna parte, una caja de botellas de cachaza, pagó cuarenta días por adelantado, y declaró que no debía ser molestado porque estaba en cuarentena de amor.

Más tarde se supo que el hombre era danés, marinero en tierra, y que los aullidos que soltaba casi sin pausa no eran fruto de ninguna flagelación, sino que era la forma de llorar de aquel extraviado. Lloraba la más grande pena de amor jamás sufrida, inclinado sobre una pecera seca en la que caían sus lágrimas.

En el fondo de la bola de vidrio había un poco de arena blanca, unas caracolas del Caribe y una copia de la sirenita de Andersen tallada en carey recostada de espaldas.

Cuarenta días con sus noches lloró el danés, y sus lágrimas se iban apozando en el fondo de la pecera. Manos piadosas le acercaban platos de comida que luego retiraban casi sin tocar, y el patrón del hotel se encargaba de renovar la provisión de cachaza. Lloraba sin consuelo porque no lo quería ni lo necesitaba. En ocasiones se le escuchaba maldecir en su antigua lengua de navegante, y tras las palabras el llanto se renovaba con más bríos. Al vigésimo día sus lágrimas llenaban la mitad de la pecera y la sirenita intentaba ponerse vertical sobre su cola de cetáceo.

La congoja del danés se impuso en el hotel, los huéspedes se movían en puntillas, en el comedor las conversaciones se transformaron en susurros interrumpidos por las llegadas y salidas del patrón, que se limitaba a mirar a los comensales y enseguida cerraba los ojos al tiempo que con unos leves movimientos de cabeza agradecía el silencio solidario. Nadie se acercaba a la mesa de billar y la lluvia que caía imperturbable sobre el cocodrilo de Morrison era la justa prolongación de la tristeza.

El día cuadragésimo primero el danés se marchó como había llegado, sin dejar ningún amigo o enemigo, con el talante de los individuos condenados a los amores sin respuesta, pero dejó la pecera, y cuando el Siete y yo la vimos, la sirenita permanecía vertical, con los brazos abiertos, invitando a placeres reservados a los náufragos y otros seres del mar.

Sé que cada día que pasa la selva gana terreno al Hotel Z. Tal vez a la hora de escribir estos recuerdos desteñidos haya sucumbido al avance de las lianas y los animales sean sus últimos huéspedes. Tal vez sólo la lluvia y las iguanas visiten sus terrazas, y los vetustos interruptores no enciendan más que la incierta luz de las luciérnagas. Tal vez el Hotel Z se haya incorporado definitivamente al álbum de recuerdos de todos los que pasamos por allí, escribimos nuestros nombres en el libro de registro, ocupamos habitaciones sin otra compañía que el perezoso girar de los ventiladores, bebimos ron y cachaza, ordenamos las pasiones, aclaramos las ideas arrullados por la lluvia, y decidimos qué hacer con la jodida costumbre de vivir.

Cena con poetas muertos

A Hugo Araya, «el Salvaje».
Lo asesinaron los militares chilenos
el 12 de septiembre de 1973
en la Universidad Técnica.

A Francisco Melo Santos, «Pancho»,
poeta de versos incendiarios.
Se suicidó en Santiago en 1971
y nunca supimos por qué.

A Roberto Contreras Lobos, «el Jubilado»,
poeta de la ternura.
Murió de tristeza el año 2006.

Estábamos cenando en el Off the Record, el último restaurante bohemio de Santiago. Se come bien ahí, los vinos son estupendos, la atención es insuperable y los precios son decentes. Como siempre, rechazamos los postres y pedimos a cambio otra botella de vino. «Después de todo, se hace de frutas», murmuró alguno, y todos estuvimos de acuerdo. Entonces, como siempre que nos reunimos ese puñado de amigos que viven en Chile o desperdigados por el mundo, otro preguntó si se nos había muerto alguien durante el tiempo que llevábamos sin vernos.

A todos nos dio por mirar el fondo de la copa, buscando allí las palabras para reconocer una de las verdades más tristes, esa que nos enseña lo peor de cumplir cincuenta años, porque a esa edad se nos empiezan a morir los amigos.

Los amigos no mueren así no más: se nos mueren, una fuerza atroz nos mutila su compañía y continuamos viviendo con esos vacíos entre los huesos.

Cada uno revisaba su lista de amistades y, al comprobar que todos seguían de pie sobre la vida, levantaba la vista de la copa y se dedicaba a mirar la galería de fotos que adornan los muros del Off the Record. Escritores, muchos poetas, actrices, actores, más poetisas y cantautores.

–Yo no sé si son todos los que están y si están todos los que son, pero faltan muchos –opinó alguien señalando las fotos.

–¿Por ejemplo? –quiso saber otro.

–Qué sé yo. El Salvaje, por ejemplo. Entonces, como siempre, llenamos la copa y comenzamos a hablar del Salvaje.

Hugo Araya era un tipo enorme, pasaba del metro noventa, tenía aspecto de piedrolari vasco, una cabellera negra prematuramente canosa que le llegaba hasta los hombros, y una barba también teñida de plata que le tapaba la mitad del pecho. Así era el Salvaje.

Además de poeta romántico, actor de comedias y pintor de miniaturas, ese gigante peludo era un apasionado de la imagen y llegó a ser el mejor camarógrafo del Canal 9 de televisión, el canal rebelde de la Universidad de Chile.

La cámara fue siempre su mejor manera de mirar, vivía y dormía aferrado a ella, incluso revolucionó la técnica de cargar las pesadas cámaras de los años setenta, pues con una serie de barras de mecano fabricó un artilugio que le permitía moverse con absoluta libertad en las manifestaciones sin que la cámara estorbase. Así, sin proponérselo, fue el primer operador de *steadycam* de la historia.

–¿Quieren oír una historia del Salvaje? –preguntó

un comensal y, como siempre, no esperó ninguna respuesta antes de empezar la narración.

Una noche del 69, luego de hartarnos de empanadas en la peña «Chile Ríe y Canta», el Salvaje, Roberto Contreras, Pancho Melo y quien habla decidimos tomar un trago en la Plaza de Armas, aunque lo del trago era una excusa para acompañar al poeta Contreras, pues nos había contado mil veces las excelencias físicas de su última conquista, una chica que atendía la barra del café Marco Polo.

–Y de culito, ¿qué tal está? –le preguntábamos.

–No sean banales..., pero en fin, hermanos, tiene un culito de esos que si les ponen un micrófono, cantan –decía el poeta, y sacaba pecho.

Salimos a La Alameda, llegamos a Ahumada y bajamos hacia la plaza asustando a la gente con el aspecto de Hugo Araya.

–¡Cuidado, no se acerquen! ¡Muerde! –gritábamos, y más de uno se hizo a un lado tomando en serio la advertencia. El Salvaje ponía de su cosecha lanzando rugidos de león asmático, y cuando simulaba atacar lo sujetábamos con escándalo.

–¡Pancho, rápido, dale la píldora calmante! –clamábamos el poeta Contreras y quien habla.

El poeta Pancho Melo se le subía encima, le abría la boca y le metía una de sus infaltables pastillas de vitamina C, sustento fundamental para la salud de los bardos, según aseguraba.

Poco antes de entrar al Marco Polo, el Salvaje convocó a consejo de guerra para exigir al poeta Melo, so pena de patada en el culo con su bototo del 48, que no hiciera nada, pero absolutamente nada para levantarle la conquista a Roberto.

–Tranquilos: «el corazón es un cazador solitario» –aseguraba conciliador el poeta Contreras.

–Por lo menos déjenme escribirle un soneto –alegaba Melo.

En el Marco Polo nos acercamos a la barra, pedimos unas cervezas que bebimos rápido, porque las virtudes corporales de la chica no se veían por ninguna parte, y nos marchamos comentando que tal vez el largo delantal blanco que llevaba era muy amplio.

Dejamos solo a Roberto, aferrado a su botella de Fanta, lo único que bebía para no perder jamás la compostura de masón, contemplando a su conquista y provocándose estornudos sibaritas con la punta de un alfiler de plata que siempre llevaba en la solapa.

–¿Escucharon cómo lo saludó? «Buenas noches, don Roberto.» Qué asco –dijo el Salvaje.

–Esa hembra es puro fuego, sabe manejar los códigos de la seducción. En ese «buenas noches» había toda una promesa de placeres nocturnos –indicó Pancho Melo.

–«Don Roberto.» Si una mujer me dice don Hugo, me voy corriendo al geriátrico –meditó el Salvaje.

–Eso demuestra lo que eres: un salvaje. Roberto tiene aires de caballero antiguo, colonial, su lugar estaba en el Siglo de Oro, donde los caballeros de verdad siempre eran célibes. El caballero célibe. Qué buen título para un soneto dedicado a Roberto –declaró el poeta Melo.

–Qué hijo de puta –dijimos a coro el Salvaje y servidor.

–Eso es cierto –indicó el poeta Melo, y empezó a contarnos la milésima versión de su biografía. Sus poemas eran muy buenos, pero su verdadero talento consistía en inventarse una biografía diferente cada noche. En esa ocasión, resultó ser que su madre, a la que todos conocíamos, era en realidad su institutriz y de paso madre adoptiva, porque su padre, conde Melosky y consejero de la familia Romanov en el exilio, había hecho un voto de castidad que mantendría hasta que el heredero del zar regresara al trono de Rusia. Pero su verdadera madre, la condesa, tenía la costumbre de expulsar al cónyuge de la alcoba so pretexto de orar por el restablecimiento de la monarquía y, al amanecer, cuando permitía el regreso del conde, éste solía encontrar plumas en la cama, plumas blancas que la condesa aseguraba que pertenecían a un arcángel que la visitaba en sus oraciones.

–Evidentemente, eran plumas de ganso, después nací yo y nos vinimos a Chile. Lo que sigue es intrascendente –aseguraba.

–Así que eres el hijo de una tal condesa Melosky –dijo el Salvaje, y empezamos a reír, hasta que una pequeña tristeza nos congeló la alegría.

En un banco de la plaza había un niño, un pelusita encorvado como un anciano. No tendría más de diez años y lloraba sin consuelo.

–¿Qué le pasa, maestrito? –preguntó el Salvaje.

Sorbiéndose los mocos nos contó que le habían robado el lustrín con todas las ganancias del día y no se atrevía a regresar a casa.

El Salvaje dijo que teníamos que hacer algo, y llamó a otro lustrabotas.

–Socio, le arriendo el lustrín por una hora, con todo lo que tiene dentro.

El lustrabotas, exagerando el éxito profesional, dijo que en una hora se hacía unas quince lustradas de zapatos, y que por ese precio nos dejaba el negocio.

Pagamos, y el Salvaje le entregó el lustrín al pelusita.

–Bueno, maestro, denos brillo –ordenó.

–Un momento. Yo llevo sandalias –protestó el poeta Melo.

–Te jodes, Melosky –respondió el Salvaje.

El pelusita se limpió los mocos con una manga del jersey, las lágrimas con el dorso de la mano, y con una escobilla dio dos golpecitos en el lustrín indicando que estaba listo para atender al primer cliente.

Escobilla, tinta, trapeadas enérgicas, betún, más escobilla y finalmente las trapeadas para dar brillo y lograr que el cuero destellante trinara como un canario. El Salvaje, con sus bototos relucientes, dejó su lugar al poeta Melo, que, pese a la mucha diligencia del pelusita, terminó con sus sandalias y sus pies impecablemente marrones. Luego se encargó de mis mocasines y pagamos.

–¿Cómo va la cosa, maestrito? –consultó el Salvaje. El pelusita miró las monedas y en su rostro de no más de diez años se dibujó una vez más la mueca de la desesperanza. –Tranquilo, maestrito. Tenemos tiempo –lo calmó el Salvaje, y de inmediato empezamos a pisarnos los pies hasta que los zapatos quedaron irreconocibles. El poeta Melo, alegando la fragilidad de sus sandalias, se alejó de los pisotones y optó por arrancar una champa de pasto con la que enlodó su calzado franciscano.

Luego de la cuarta ronda de lustradas y ensuciadas, se juntó más gente, bohemios que salían del Black and White, del Marco Polo, del Faisan d'Or, del Chez Henry. Explicamos el problema y, porque el Santiago de esos años era así, la clientela se multiplicó por veinte.

Aquellas pequeñas manos embetunadas volaban dando escobillazos, tirando tinta, betún, dándole con gusto a la franela del brillo definitivo, y el niño sonreía quitándose los restos de tristeza con la manga.

Pasó la hora convenida y el dueño del lustrín, bastante mosqueado por el éxito profesional de su colega, reclamó su instrumento de trabajo.

–¿Y, maestrito? ¿Ganamos la batalla de la producción? –preguntó el Salvaje.

El pelusita contó el dinero, asintió con movimientos de cabeza y lo guardó repartido en todos los bolsillos.

–Muchas gracias, caballeros –nos dijo ofreciéndonos su manita embetunada.

–Se dice «gracias, compañeros» –corrigió el Salvaje.

Cruzamos al Marco Polo para saber de Roberto y lo encontramos inflado de Fanta. Se disponía a leernos su último poema acerca de las desventuras del amor en el mundo gastronómico, pero se interrumpió indicando con asombro nuestros zapatos brillantes y los pies del poeta Melo, esplendorosamente marrones.

–¿Qué les pasó? –dijo entre efluvios de Fanta.

–Nada. Nos estuvimos lustrando el alma –contestó el Salvaje.

El vino llena las copas. A nuestra mesa del Off the Record se han acercado varios parroquianos para escuchar la historia. A veces el vino es la manifestación líquida del silencio.

–Así era Hugo, así era el Salvaje –dice alguien.

–No. Así *es* el Salvaje, porque mientras los nombremos y contemos sus historias, nuestros muertos nunca mueren –añade otro.

Y las copas de vino se alzan y entrechocan con un ruido alegre de campanas en la noche fraterna de Santiago.

Historia mínima

A la memoria de mi hermano Rafael Ramírez Heredia,
que conoció la génesis de esta historia

«Hace dos horas que espero y qué importa si me miran», mascullo en voz baja mientras me busco en un ángulo del espejo para alisarme el pelo y corregir el nudo de la corbata. Hay muchas cosas en el espejo: espaldas de material sintético que lucen americanas de marca, piernas enfundadas en pantalones de lino porque se acerca el verano, extrañas estructuras vagamente antropomórficas para sostener camisas o pulóveres de esos que se llevan negligentemente sobre los hombros, y entre dos pares de mocasines está también mi cabeza, mi rostro algo nervioso, serio, ilusionado.

Las gentes me miran, algunos sonríen, otros le dan un codazo al compañero de camino para que se fije en mí, y yo sé que no es por mi indumentaria. Vestido o desnudo, nunca pasaré inadvertido. Corté unas flores en el parque cercano, nada extraordinario, flores sencillas que estaban ahí, al alcance de mis manos. Ni siquiera sé cómo se llaman.

¿Vendrá? Dudo, porque sé cuán difícil es vencer el miedo que no es miedo, la vergüenza que no es tal, la culpa más inocente. Dudo y, para mitigar la desconfianza de estas horas que llevo esperando, enciendo un pitillo. Ahora atraigo mucho más las miradas de los paseantes. Siempre es así. «Está fumando», «está comiendo», «está llorando». Haga lo que haga, siempre es así. De pronto miro el ramo de flores y descubro que mi mano, lejos de sostenerlas, las aprieta, las estrangula con esa mínima violencia que basta para derrotar los frágiles cuellos vegetales. Sonrío al pensar que en tan diminuta porción de tiempo se han tornado mustias, como las banderas de un mínimo ejército vencido, y sus pétalos traposos me indican que es tiempo de emprender la retirada.

Arrojo las flores al primer basurero y me alejo, seguido por las miradas de los paseantes y por sus voces que dicen: «¿Viste cómo botó las flores el enano?», «¿Tendría una cita?», «¿Con una enana?», «Lo dejaron plantado al enano», «Son raros los enanos», y otros comentarios cuya estatura no quiero ni debo responder.

Corazón de María

A Gerd Gerhard,
por muchas botellas bien habladas

Dos bocanadas al aire de Ipanema bastaban para un colocón de padre y muy señor mío. Y si a esto se agregaban unos buches de cachaza, más un giro ocular de ciento ochenta grados, uno se sentía en el centro de un mundo mejor, un mundo empeñado en resaltar la belleza de sus criaturas, que, sin más vestimentas que los tangas de rigor y el ritmo de la samba a flor de piel, invitaban al placer y a olvidar el tiempo.

Llovía confeti, unas chicas del municipio de Río repartían condones a puñados, la sirena de una ambulancia ululaba inútilmente por abrirse paso, yo me aferraba a las caderas de Gisela mientras ella arrojaba el sujetador a la multitud, feliz de soltar a la exhibicionista que llevaba dentro, y entonces vi venir al viejo disfrazado –así lo creí a primera vista– de cangánceiro. Esquivó a Gisela ignorando su soberbia delantera de matrona alemana y se plantó frente a mí, mostrando sus manos de campesino.

–Un consejo a cambio de unas monedas –dijo.

El tono de su voz era grave, extraño en ese ambiente donde el ritmo de la samba lo inundaba todo, hasta la respiración, y sus ropas ajadas, el sombrero lleno de monedas y símbolos religiosos, le otorgaban una extraña dignidad en medio de los cuerpos desnudos.

Me metí una mano en el bolsillo para sacar unas monedas, y con la otra sujeté a Gisela por la única parte posible: el elástico de su tanga. Ella, con la exhibicionista que llevaba dentro ya dueña de la situación, tiraba feliz ante la idea del desnudo integral.

El viejo recibió las monedas y con un gesto me indicó que mirase por sobre mi hombro.

—María das Mortes quiere lo que es suyo —dijo mientras me volvía.

La multitud rodeaba la ambulancia, y unos enfermeros cubrían los restos de alguien que no veía el desfile final de las escuelas de samba. Entre los sanitarios y el cadáver, una mulata de cuerpo perfecto se contorsionaba siguiendo el ritmo de una música que sólo ella oía, su piel brillaba, también brillaba el mínimo corazón de lentejuelas rojas que le cubría el sexo, y supuse que sus ojos tenían un brillo aún más intenso, pero, cuando en una vuelta de la danza se llevó las manos al pelo para dejar libre el rostro, enseñó una máscara blanca, inexpresiva, ni de comedia ni de tragedia. De sus ojos no vi más que un oscuro vacío.

Al volverme, el viejo había desaparecido, y de Gisela no quedaba más que su tanga colgando de mi mano como un recuerdo absurdo.

A empellones con los danzantes regresé al hotel. Extenuado, porque cansa nadar contra la corriente, me tiré a la cama confiado en que Gisela no tardaría. La imaginaba de vuelta en Hamburgo, contando a los compañeros de la redacción que se había paseado desnuda por las calles de Río de Janeiro, y yo asentiría con los ojos puestos en el teletipo, agregando: «Así fue, ni más ni menos».

Pasaron las horas, el amanecer atenuó la samba, las voces sucumbieron al cansancio, y yo miraba las cámaras de Gisela colgadas de una silla. Un inexplicable impulso me llevó hasta el bolso donde cargaba los rollos y los objetivos. En el espacio destinado a la agenda había una maqueta de libro fotográfico. Eran sus fotos tomadas en diferentes lugares del mundo, fotos de aglomeraciones humanas, muchas de carnaval. «Es extraño», pensé, «nunca me comentó que preparase un libro.» Empecé a pasar las hojas y, pese al calor húmedo de Río, sentí una corriente de frío recorriéndome el espinazo.

Al pie de una foto se leía un breve texto: «Fasnacht, Basilea. Febrero de 1996». En ella, gentes ataviadas con amplios trajes de bufones y máscaras enormes sostenían pífanos y tambores mientras rodeaban a unos sanitarios suizos que cubrían un cuerpo muerto. Junto a ellos, desnuda sobre la nieve y al parecer invisible para los que miraban, la hermosa mulata de piel brillante, el corazón de lentejuelas rojas brillando sobre el sexo, la máscara blanca detenida en el rictus donde la comedia y la tragedia se confunden.

Uno se rebela ante lo inevitable, y escupe palabras como por casualidad, por coincidencia, que salen de la boca y dejan el amargo sabor de la certeza. Había otras fotos: del entierro de la sardina en Gijón, del carnaval de Andacollo, con gente altiplánica disfrazada de dragones chinos, del carnaval de Colonia, con alemanes ahítos de cerveza, y, en todas ellas, la mulata del corazón rojo sobre el sexo y la máscara impávida cerca de alguien que recibía el postrer homenaje de los sanitarios.

El nombre de Gisela empezó a dibujar una mueca de dolor sobre mis labios. Lo repetí como un conjuro, hasta que, ya con el alba pegada a la ventana, sentí su presencia al otro lado de los vidrios.

Salí al balcón y las vi. Pasaron frente a la puerta del hotel sin detenerse. Gisela, cubierta con un velo transparente que la mulata le sostenía sobre los hombros, se dejaba conducir hasta la entrada de la playa, y de ahí hacia el mar.

–¡María! –grité–. ¡María das Mortes!

Se volvió, alzó su rostro, con esa expresión definitiva que todos tomamos por una máscara, extendió un brazo y con leves movimientos de los dedos exigió lo que le pertenecía.

Corrí a la cama, tomé el libro, volví al balcón y se lo arrojé. Enseguida corrí escaleras abajo.

Gisela temblaba de frío, apestaba a cachaza y marihuana, y no dejaba de repetir: «una buena chica, una buena chica con un gran corazón».

De la mulata no quedaba más que las huellas en la arena, que avanzaban y se perdían en la zona intemporal e incierta donde el mar se une a la tierra firme, a la patria inevitable de los vivos y los muertos.

¡Ding-dong, ding-dong!,
son las cosas del amor

A Josep Maria Casadevall i Vidal,
que me enseñó a comer

Los dos teníamos catorce años cuando nos vimos por primera vez, reflejados en los espejos del enorme salón de banquetes del Centro Catalán de Santiago. Era la ceremonia final del curso de buenas costumbres al que las familias santiaguinas de clase media enviaban a sus hijos para que aprendieran a sentarse a la mesa, a usar debidamente los tenedores y cuchillos, y a no confundir la copa del agua con las del vino tinto, blanco o champaña. También nos enseñaban a bailar vals, pasodoble, cueca, pero yo me había decidido por los pasos atrevidos del tango porque el arrullo de los bandoneones me hacía sentir más hombre.

El maestro de ceremonias nos sentó frente a frente, y yo maldije por que no me pusieran junto a ella, pues me privaba de demostrarle los bien aprendidos gestos de caballero, que empezaban por sujetar el espaldar de la silla de la dama y empujarla levemente mientras ella se sentaba. Así que me tuve que conformar con hacerle una sutil reverencia, a la que respondió con una graciosa inclinación de cabeza.

Ella, ¡ay, ella!, tenía una larga cabellera color castaño que le colgaba hasta la mitad de la espalda y parecía un complemento abrigador del vestido de muselina blanca. Yo, como todos los chicos, ofrecía el aspecto de un pingüino artrítico con el esmoquin, la pechera almidonada y la corbata de pajarita.

Cuando sus ojos grandes se fijaron en mí, sentí que las manos me picaban, que la corbata me asfixiaba, y que tenía que hacer algo. Entonces tomé la servilleta y, fiel a las instrucciones del profesor de modales, la sacudí, un tanto bruscamente, para que se desdoblara antes de dejarla sobre la pierna derecha.

–¿Qué le pasa? ¿Quiere bailar una cueca, una samba, un chamamé? –dijo el maestro de ceremonias desde un extremo de la mesa.

Las chicas ahogaron sus risitas, se pusieron rojas; los chicos rieron abiertamente, yo me sentí podrido, pero ella, sin quitarme la mirada de encima, tomó también la servilleta, la sacudió y la dejó caer sobre el regazo.

El maestro de ceremonias ignoró la ruptura de protocolo, hizo tañer una pequeña campana y empezaron las presentaciones. Cuando nos llegó el turno, empujé la silla con las piernas, me puse de pie, dije mi nombre, agregué que era alumno del Instituto Nacional, y que era un placer conocerla. Ella, tras una discreta inclinación de cabeza, dijo que se llamaba Marly, que era alumna del Santiago College, y que era un verdadero placer conocerme.

Lo del Santiago College me preocupó. Era un colegio frecuentado por las hijas de la burguesía, y el Instituto Nacional, en cambio, era famoso por el carácter revoltoso y rojo de sus alumnos.

El simulacro de cena transcurrió sin mayores incidentes. Nadie hizo ruido al tomar la sopa, nadie rozó el plato con el tenedor al trinchar y cortar los espárragos. Nadie se equivocó de cubertería con el pescado o con la carne, y nadie confundió las copas. Lo mismo ocurrió con la charla. Marly decía que los espárragos le parecían deliciosos y yo respondía que compartía su opinión. Yo decía que los espejos aumentaban el volumen de la sala y Marly respondía que compartía mi interesante punto de vista. Cada pareja intercambió unas mil palabras pero nadie dijo absolutamente nada comprometedor o que rompiera la armonía. Para felicidad del maestro de ceremonias, nos comportamos como unos perfectos cínicos o unos inigualables idiotas.

Luego de los postres anunciaron que podíamos pasar a la sala de baile. Ahí sí que cumplí con las reglas sociales aprendidas: le retiré la silla, esperé a que dejara la servilleta sobre la mesa y le ofrecí un brazo. Así, y deseando que aquello durase horas, la conduje hasta el salón contiguo.

Naturalmente todos queríamos bailar rock, pero como los padres estaban presentes y querían ver los progresos de sus hijos, el maestro de ceremonias ordenó que pusieran un disco de valses, y bailamos, con los cuerpos muy erguidos y separados. Mi mano derecha apenas rozaba su talle, pero sentía el calor intenso de la piel que se ocultaba bajo la muselina. Terminamos el vals, seguimos con un pasodoble, y cuando anunciaban una cueca, el baile nacional, para sorpresa de todos Marly fue hasta el pinchadiscos, le dijo algo al oído y a continuación la sala se llenó con los compases de una canción de Leonardo Favio.

El maestro de ceremonias, colérico, mandó que pararan esa música vulgar, pero entonces, desde la fila de los progenitores, se elevó el vozarrón del abuelo de Marly:

—¡Yo financio con mis cuotas este centro y mi nieta baila lo que quiera!

«¡Ding-dong, ding-dong!, son las cosas del amor», cantaba Leonardo Favio, y las parejas se abrazaban, se unían, tocaban, ante la desesperación del maestro de ceremonias, que prefería mirar para otro lado cuando las chicas se colgaban del cuello del compañero de baile y los chicos uníamos nuestras manos abrazando las cinturas de las muchachas.

«¡Ding-dong, ding-dong!, son las cosas del amor...» Marly me cantaba al oído y yo sudaba mientras mis manos palpaban el nacimiento duro de sus nalgas.

Bailando nos dijimos nuestras edades, compartíamos la pasión por los Beatles, Piero, Leo Dan y, por supuesto, Leonardo Favio. Mentí al asegurar que tampoco me gustaba el fútbol. Ignoro si fue sincera al declarar que le gustaba el aroma de mi agua de colonia y las películas de Laurel y Hardy. Nos dijimos lo necesario para concertar una cita al día siguiente, en los jardines de la Biblioteca Nacional, y yo supe que las odiosas treinta sesiones del curso acelerado de *gentleman* habían valido la pena.

Cuando volví a ser yo, con el traje de pingüino muy doblado en un maletín, salí a la calle con una sonrisa de oreja a oreja, con deseos de saltar, de gritar, de cantar: «¡Ding-dong, ding-dong!, son las cosas del amor».

La cita era a las cinco de la tarde, hora fatídica, como se sabe. Marly no llegaba. Conté las palmeras, los lirios, los basureros, los bancos de hierro verde, la gente que salía de la biblioteca, los barcos de los vendedores de maní, los tambores de las vendedoras de barquillos, las palomas que se cagaban en la estatua de don Benjamín Vicuña Mackenna. A las ocho de la tarde ya no tenía qué contar.

Aquel mal trago me llenó de incertidumbre y de rencor. Lo primero que pensé fue: «Claro, una pijecita del Santiago College no se va a liar con un rojo del Instituto Nacional. Que se vaya a la mierda». Pero luego la imaginé llorando, encerrada en casa, custodiada por una familia odiosa y un militar jubilado que les servía de portero.

«¡Ding-dong, ding-dong!, son las cosas del amor.» Al día siguiente huí antes del final de las clases y fui a esperarla a la salida del Santiago College. Vi cómo en la puerta del colegio iban apareciendo chicas de todas las edades, caminaban hasta el auto de papá o hasta el bus del College, pero de Marly ni la sombra. No salió.

Tal vez estaba enferma, sí, ding-dong, ding-dong, seguro que había contraído la gripe, pobrecita, estaría en cama con la nariz irritada y dolor de garganta. Al día siguiente falté a clase y fui al Santiago College a la hora de entrada. Todo en vano. Marly no apareció.

Tras pasar una semana repitiendo la escena de plantarme frente a la puerta del colegio, vi que las alumnas y quienes las esperaban empezaban a mirarme con aires de sospecha. De tal manera que, para evitar ser corrido de ahí por la fuerza, decidí dar un golpe de audacia y entré a preguntar por la ausente.

–¿Y por qué quiere ver a esa señorita Marly de la que no sabe los apellidos? –preguntó una mujer que apestaba a autoridad.

–Es que esa señorita perdió algo muy valioso y quiero entregárselo. La conocí en el curso de buenas costumbres del Centro Catalán.

La mujer revisó una larga lista y concluyó que no había ninguna alumna que se llamara Marly.

La olvidé. No. No la olvidé, pero tampoco dejé que me arruinara la vida. Cada vez que observaba a mi padre escuchando su programa de tangos con ojos ensoñadores, me decía a mí mismo que el amor tenía que ofrecer otras posibilidades además del sufrimiento. No la olvidé, y su nombre me sirvió para inventar la historia de un romance con una pijecita del Santiago College que mis amigos aceptaron como verdadera.

Mis catorce años quedaron atrás y la vida fue adquiriendo los trazos de una formidable aventura porque había un mundo que imploraba por cambios sociales. Recuerdo que fue durante una mañana de invierno cuando volví a verla. Yo tenía dieciocho años y era dirigente estudiantil a tiempo completo en las barricadas de nuestro 68. Impulsábamos una reforma que hiciera de las universidades un gran centro de agitación social, para que se abrieran a los obreros, que fueran el corazón del gran cambio y de la revolución. Todo esto, naturalmente, no le sentaba muy bien al Gobierno y la policía se esmeraba en dejar caer todo el peso de la ley sobre las cabezas de los estudiantes. Los inviernos de Santiago son horribles, y el del 68 lo fue más todavía, porque a la natural polución se agregaron los gases lacrimógenos y las balas.

Estaba con un grupo de compañeros entonando *La Internacional* a todo pulmón, cuando una voz de mujer empezó a cantar un texto diferente.

–¡Ding-dong, ding-dong!, son las cosas del amor.

Era ella. Aunque no llevaba el vestido de muselina blanca sino jeans, un anorak, y se cubría la mitad de la cara con un pañuelo para aminorar el efecto de los gases lacrimógenos, reconocí sus ojos de inmediato.

Me abrazó como si hubiéramos dejado de vernos hacía un par de días, y yo respondí a su abrazo. La policía cargó, agotamos las piedras, corrimos para evitar los bastonazos, y nos vimos frente a frente, sentados a la mesa de un café.

–¡Ding-dong, ding-dong!, son las cosas del amor –canturreó mientras revolvía el contenido de la taza.

–La chica del Santiago College. Perdón, la compañera del Santiago College –dije.

–Ahora soy militante de las Juventudes Comunistas –dijo.

–¿Te sigues llamando Marly?

Por toda respuesta se levantó de la silla, inclinó el cuerpo hacia mí y me dio un beso largo en la boca.

Salimos abrazados del café. Cada dos o tres pasos nos deteníamos y nos besábamos con ansias. No puso reparos a mis manos, que se metieron bajo el anorak para palpar la dureza de sus senos, que bajaron por sus caderas recordando la dureza de sus nalgas. Hablamos de la causa, de la lucha, de la asamblea a la que asistiríamos por la tarde.

–¿Fuiste a la cita? –preguntó de pronto.

Le respondí que sí, pero omití la semana que pasé parado frente al Santiago College y la desazón que me provocó el saber que nunca había estudiado ahí.

En la asamblea, que tuvo lugar en el Instituto Pedagógico, nos sentamos en la última fila. Allí, entre besos, aplaudimos a los delegados del MIR, a los comunistas, a los socialistas, pifiamos a los pro chinos y levantamos la mano cuando se votó por continuar la huelga y la lucha callejera.

Aquella noche decidimos dormir en la Facultad de Arte. Como muchos otros, yo andaba siempre con un saco de dormir a cuestas, porque los dirigentes teníamos el deber de estar en todas partes y a cualquier hora.

Nos acomodamos en la sala de ensayos de la Escuela de Teatro. La cámara negra otorgaba un toque de romanticismo a la vela que encendimos. Bebimos unos tragos de vino, nos acariciamos, nos besamos, la desnudé, me desnudó, y proseguimos con las caricias, ¡ding-dong, ding-dong!, son las cosas del amor, abrigados por el calor del saco de dormir.

–Marly..., ¿Marly qué más? –pregunté mordiéndole una oreja.

Su lengua se enroscó a la mía. Eran besos brujos, como asegura la letra de un tango.

–¿Qué más? Quiero saber tu nombre –insistí, pero en ese preciso momento entraron dos delegados a buscarme.

–Lo siento, pero hay problemas más importantes que el amor –dijo uno.

–No te bebas todo el vino. Y no te duermas –le dije mientras me vestía.

–¡Ding-dong, ding-dong!, son las cosas del amor –respondió.

Los problemas se debatirían en la sala de escultura. Caminábamos hacia allá cuando uno de los delegados comentó:

–Está de mascar la compañerita. Todo un minón.

–¿Qué estudia? –quiso saber el otro.

No supe qué responder. Recién entonces me di cuenta de que no le había preguntado nada sobre qué hacía o dónde vivía.

La reunión duró varias horas. A la huelga estudiantil se sumaban los obreros del cuero y el calzado, y los aseadores municipales pararían veinticuatro horas en demostración de solidaridad con los estudiantes. El gran problema eran los pro chinos de la Escuela de Filosofía, que continuaban acusando de burguesa a la huelga.

Discutimos, decidimos agradecer las muestras de solidaridad con un mitin en el conservatorio y reforzar el trabajo de los voluntarios de cocina para alimentar a los obreros que se nos sumaban. Y en cuanto a los pro chinos, se acordó dejar libre la opción de darles patadas en el culo con cualquiera de los dos pies.

Regresé a la sala de ensayos. La vela se había consumido hasta la mitad. Lo mismo había ocurrido con la botella de vino, pero el saco de dormir estaba vacío y la ropa de Marly no se veía por ninguna parte.

La esperé, la busqué por toda la facultad, y no la encontré.

Durante los días que siguieron, estuve con un ojo puesto en la policía y el otro a mi lado de la barricada, buscándola. La pregunta: «¿Alguien ha visto a la compañera que estaba conmigo?», la repetí cientos de veces, y las respuestas siempre fueron las mismas: «No, nunca la había visto antes», «Linda la compañerita, no, no la he visto».

La huelga triunfó. Hicimos la reforma. Víctor Jara compuso un himno que decía: «Todos los reformistas son revolucionarios». La juventud protagonizó las duras jornadas que llevaron al triunfo electoral de Salvador Allende, segundo paso de nuestra revolución, y yo olvidé a Marly.

No. No la olvidé. Tenía muchas tareas que cumplir, demasiadas como para permitir que una historia confusa y sin final distrajera mis esfuerzos. Pero cada vez que me metía en el saco de dormir sentía su olor y escuchaba su voz canturreando: «¡Ding-dong, ding-dong!, son las cosas del amor».

Los mil días del Gobierno de Allende pasaron muy rápido. Luego llegó la larga noche del terror y la muerte. El adiós definitivo y forzado de tantos compañeros de barricadas y sueños.

Cumplí los veinticinco años en una cárcel del sur, muy lejos de Santiago. Pocas personas me visitaban y debía conformarme con las cartas de mis padres y de los pocos amigos que habían sobrevivido o estaban en el exilio; por eso me alegré cuando una mañana de lluvia me anunciaron que tenía visita.

El locutorio era un barracón, los presos y las visitas teníamos que sentarnos en unas banquetas de madera, frente a frente, y siempre con dos soldados que censuraban las conversaciones.

Marly seguía siendo una mujer bellísima. Ahora llevaba el pelo corto, y los veinticinco años habían formado definitivamente su cuerpo.

–¡Ding-dong, ding-dong!, son las cosas del amor –saludó y me alargó los brazos.

–¡Sin tocarse! –ladró un soldado.

Nos miramos en silencio. Vi lágrimas en sus ojos, mas no de dolor. Eran una forma de decir que el tiempo nos había jugado una mala pasada y que, aunque ni siquiera supiera su nombre completo o verdadero, en un libro a salvo de las hogueras estaban escritos nuestros nombres y nuestra historia de amor.

Sin dar importancia a los ladridos de los soldados, Marly alargó sus manos y me acarició el rostro. Quitó un piojo que se paseaba impunemente por mi cabeza rapada y dijo:

–Cuando salgas te estaré esperando. No sé dónde, pero te estaré esperando.

Dos años más tarde salí de la cárcel, y una mezcla de temor y deseo me hizo vacilar antes de cruzar la puerta de la libertad. ¿Y si ella era la muerte? La muerte enamorada de mí, y yo enamorado de ella. Nadie me esperaba, así que oscilando entre la alegría y la tristeza eché a andar.

La vida tiene muchos lugares: uno se llama país, otro se llama exilio. Otro se llama dónde diablos estoy.

¿La olvidé? No. Amé honestamente a mujeres que me amaron de la misma manera. Unas veces se me agotó el amor y no supe cómo reanimarlo, otras veces se me enfrió y no supe con qué fuego calentarlo.

Pasaron los años. Las canciones de Leo Dan, los Beatles, Piero y Leonardo Favio se transformaron en ecos de los rincones felices de la memoria. La senda de la soledad se abrió como una invitación llena de bares donde el vino es gratis y las mujeres son prótesis para la cojera del alma.

Veinticinco años después del primer encuentro con Marly, seguía conservando los buenos modales aprendidos en el Centro Catalán y, tal vez por eso, en un viaje a Santiago busqué la vieja casona para, en una ceremonia de íntima añoranza, agregarla a mi inventario de pérdidas.

En el salón de banquetes había una bodega de electrodomésticos y, en la sala de baile, un oscuro bar *topless*. Entré, llegué hasta la barra, y a la mujer de pechos colgantes que se esmeraba en parecer atractiva le pedí un whisky con hielo.

—¿Me invitas a una copa? —propuso otra mujer de pechos enormes.

—Ahora no. Tal vez más tarde. Disculpe —respondí con los buenos modales de antaño.

Bebí pausadamente. Los pies, sobre un suelo blando, me informaron que el parquet impecable lo habían sustituido por una moqueta. Los ojos, acostumbrándose a la penumbra, me dijeron que los retratos de ilustres músicos catalanes habían sido reemplazados por fotografías del *Playboy*.

Sentí que una mano se posaba sobre mi hombro, y al volverme con la intención de decir: «No, tal vez más tarde, lo siento», escuché la inconfundible voz de Marly.

—¡Ding-dong, ding-dong!, son las cosas del amor.

Salimos de allí a la carrera. Fuera, la luz del día casi me cegó y agradecí que así fuera, porque pude descubrirla lentamente. A medida que las pupilas se acostumbraban a los destellos solares, yo me acostumbré a su presencia.

También los años habían pasado por ella. Nos tocamos alguna arruga, alguna cana, alguna herida, y cogidos de la mano empezamos a caminar por aquella ciudad que una vez fue nuestra.

—¿Te sigue gustando Leo Dan? —preguntó mientras comprábamos postales para los amigos.

—Y Leonardo Favio. ¡Ding-dong, ding-dong!, son las cosas del amor.

—¿Y los poetas? Me gusta Benedetti —indicó.

—A mí también. Y Gelman. Y Atxaga —agregué.

–¡A mí también! –exclamó acercándose a un vendedor de claveles.

El hotel nos esperaba como un templo largamente dispuesto para nosotros. Nos desvestimos con calma, y no por orgullo de los músculos o la perfección corporal, sino porque los dos entendimos que, con todas sus huellas, esos cuerpos eran el soporte de una historia que recién empezaba. Nos amamos pausadamente, y no por los buenos modales aprendidos en el Centro Catalán, sino porque buscamos en el placer el camino del mejor de los cansancios. Y luego hablamos olvidándonos del ayer y del mañana, porque las palabras son como el vino: precisan de reposo y tiempo para que el terciopelo de la voz entregue su sabor definitivo.

Ahora, junto al mar, la miro, lo sé todo de ella y lo olvido por el placer de conocerla nuevamente, verdad a verdad, duda a duda, certeza a certeza y temor a temor, porque, qué diablos, así, ¡ding-dong, ding-dong!, son las cosas del amor.

La isla

«Ella quiso quedarse cuando vio mi tristeza,
pero ya estaba escrito que aquella noche
perdiera su amor...»

«Mozo, sírvame en la copa rota...
quiero sangrar gota a gota
el veneno de su amor.»

«Hoy vas a entrar en el pasado,
en el pasado de mi vida...»

*Enciclopedia Popular
del Fracaso Sentimental Latinoamericano*

«Adiós, mi amor», dije y cerré la puerta con suavidad, tal vez porque el instinto de macho herido buscaba trucos para aligerar la lápida. Con pasos cansados bajé por última vez aquella escalera de mármol, me vi reflejado en los espejos de los descansos y supe que nunca volvería.

Hacía frío en Hamburgo. La nieve de enero caía lenta, absurdamente grácil en enormes copos que levitaban antes de cubrir los autos, los tilos desnudos y mis hombros como la caspa del dolor.

No es fácil caminar bajo la nevada; los bigotes se hielan, los labios duelen, los ojos sufren y lagrimean involuntarios, los pasos temen y el andar toma el cobarde ritmo de la prudencia.

Caminé unos trescientos metros sin topar con ninguna mujer apresurada y temerosa de la noche, sin un negro paseando perros ajenos y asustado por la nieve, sin un policía aburrido de cumplir con el deber del tedio, hasta que, en la explanada de Dammtor, el reloj luminoso de la estación me invitó a recuperar un poco de calor. Faltaban aún dos horas para que empezara a funcionar el metro y los andenes cubiertos de nieve me hicieron pensar en Zhivago perdiendo por primera vez a Lara. Un borrachín arropado por una colección de harapos ocupaba un escaño y al verme hizo señas para que me acercara. Con voz gangosa me pidió un cigarrillo, así que encendí dos pitillos y le pasé uno. Como prueba de gratitud gruñó que el tren de mercancías con destino a Lübeck tenía retraso.

–Y todo por culpa de cuatro copos de nieve –agregó.

–O porque el conductor está en la cama con una mujer hermosa y las mercancías le importan un carajo –sugerí por decir algo.

–Tú sí que estás jodido, ¿eh, camarada? –dijo mirándome a los ojos.

¿Jodido? No había pasado una hora desde que empezara a joderme tras murmurar una retahíla de conceptos tales como honestidad, universo de relaciones perdurables, trampas y otros argumentos tangueros que, a medida que salían de mi boca, me resultaban fatuos y sin convicción. Discurso de macho con la soga al cuello.

Me senté junto a él. Aquel borrachín apestaba a alcohol, tanto que su cuerpo emanaba un calor contagioso. Permanecí en silencio mientras entonaba una tonadilla de Hans Albers, una suerte de Carlitos Gardel hamburgués. La canción hablaba de lo formidable que era caminar por la Reeperbahn, la calle de las putas, a las doce y media de la noche. Era una descripción del paraíso bastante más interesante que la que ofrecen la Biblia y el Corán juntos.

Un tren se anunció con tres largas pitadas y pasó raudo frente a nuestros ojos.

–El viejo tren de mercancías a Lübeck. Parece que el conductor no estaba en los brazos de ninguna furcia –comentó el borrachín.

Quise reír, pero a veces los dictados del cerebro se confunden, se cruzan, cortocircuitan, y algo falla en la alquimia de la vida, algo que me sacudió en un espasmo antes de largarme a llorar.

El borrachín respetó mi congoja y, cuando estimó que ya había moqueado bastante, me alargó su botella de *korn*.

–Tú sí que estás jodido, camarada –dijo pensativo.

Con un guante quité del gollete algo de sus babas y me eché un largo trago. El aguardiente de trigo pasó por la garganta como una bola de fuego, y el cuerpo agradeció aquel calor urgente.

–Hace media hora le dije adiós a la mujer que amo –murmuré devolviéndole la botella.

–Mierda. ¿Y qué piensas hacer?

–Sufrir como un caballo. ¿Qué otra cosa puedo hacer? Y lo peor de todo es que estoy sufriendo en un idioma que no es el mío.

–Santísima mierda. ¿Y en qué idioma sufres normalmente? –preguntó ofreciéndome de nuevo la botella.

–En español –respondí antes de echarme otro largo trago.

–*El perro de San Roque no tiene rabo* –exclamó en mi idioma, y luego empezó a reír con escandalosas carcajadas de alcohólico.

Dudé entre darle una patada en pleno hocico o pasarle un par de cigarrillos. Finalmente opté por lo último y me alejé hacia la fila de teléfonos públicos. Sabía que en casa, en mi casa, en la casa traicionada, una mujer, mi mujer, dormía ignorante de su victoria, porque ella era la vencedora de una batalla de la que el amor se retiraba con el rabo entre las piernas.

–Tengo un problema. No puedo decirte más. Necesito estar solo un par de días...

–¿Qué te pasa?, ¿un accidente?, dime algo, tu voz suena muy extraña.

–Necesito estar solo. Un par de días. No te preocupes...

Colgué. En ese preciso momento se encendieron las luces de las boleterías y el kiosco de prensa levantó las cortinas metálicas. «Los fracasos es mejor desandarlos», escribió Roberto Arlt, y decidí seguir su consejo.

Pedí un pasaje a Westerland y la taquillera me miró con expresión de asombro.

–¿A Westerland, en la isla de Sylt? –quiso asegurarse.

–Exacto, ahí es donde quiero ir –respondí pasándole unos billetes.

–Debe cambiar de tren en Niebüll –precisó sin salir del asombro–. Muy pocos viajan a la isla en pleno invierno.

En el vagón íbamos una mujer que empezó a tejer un jersey apenas ocupó su asiento, y yo, que empecé a tejer recuerdos con la cabeza apoyada en la ventana.

A los cinco minutos de marcha, una voz impersonal se dejó oír por la megafonía: «Próxima estación, Hamburgo-Altona. Cinco minutos de parada». Altona. Ahí empezó todo una tarde de junio.

Franz Josef Strauss, un político bávaro amigo de todos los dictadores latinoamericanos, había cometido el pecado de visitar Hamburgo, y se encontró con las protestas de varios miles de chicas y chicos alemanes, a los que se sumaron los exiliados latinoamericanos. La batalla con la policía fue larga y se saldó con la victoria del bando uniformado, como siempre. A las seis de la tarde se supo que la pasma había arrojado a un muchacho a las vías del metro y su cadáver fue recogido a cucharadas. De polis de mierda pasaron a ser cerdos nazis en las bocas de los manifestantes y, en un momento de la gresca, cerca de la estación de Altona recibí un cachiporrazo en la cabeza que me dejó medio grogui, y si no caí fue porque unos brazos me sostuvieron y alejaron del campo de batalla.

Así conocí a Kurt, al viejo Kurt. Sentados en un café y mientras me aplicaba una bolsa de hielo sobre el chichón, pidió dos pintas de cerveza del norte, de la más seca, de la incomparable Jever, con sus respectivos vasitos de *korn*, y se presentó.

–Las cosas se ven así: tienes un precioso huevo en la cabeza y yo me llamo Kurt. Soy un buen samaritano pero sólo me dedico a ayudar a los rojos. *Prosit!* –dijo alzando el vaso.

Hablaba *platt*, el dialecto hamburgués, enriqueciéndolo con el argot del puerto. Sin embargo, su aspecto no era el de un estibador, sus manos se veía bien cuidadas y la barba marinera tratada con esmero. Tenía donaire. Y con el mismo donaire lo veía meses más tarde vestir el clásico *trolley* azul de lana, el chaquetón también azul de marino, y el –una vez más– azul *hamburger Mütze*, la gorra de proletario, o el esmoquin con solapas de seda.

A la quinta ronda de cervezas empezamos a ser amigos, maldijimos a gritos a todo el que lo merecía y bendijimos a todo el que estuviera de acuerdo con nosotros. A la décima ronda se habían agregado a la mesa dos argentinos, dos sobrevivientes de la dictadura de Videla, convenientemente bañados por los carros lanza-agua de la policía. De pronto el viejo Kurt preguntó si alguien tenía hambre, y al sí colectivo respondió con una invitación a cenar cualquier cosa en su casa.

La noche de junio era cálida y sin nubes. Subimos a un taxi y con las ventanas abiertas nos alejamos del Hamburgo popular para enfilar hacia los barrios ricos. Othmarschen, Blankenese, Wedel. Allí el viejo Kurt indicó al chofer que se desviara hacia el Elba.

–¿Conocen al viejo lobo de mar? –preguntó.

Ninguno lo conocía, de manera que nos dejamos conducir hasta una suerte de observatorio, una torre iluminada de la que sobresalían dos poderosas bocinas altoparlantes.

–Esperemos un poco. Fumemos y esperemos –propuso el viejo Kurt.

Diez o quince minutos más tarde vimos un barco remontando el río, rumbo a Cuxhaven, a la desembocadura y al mar abierto. Cuando el navío pasó frente a nosotros vi que era de bandera chilena, mas no alcancé a hacer ningún comentario, pues en ese preciso momento la voz del anunciado viejo lobo de mar llenó todo el paisaje:

–*¡Ahoi!* Tripulantes del *Lebu*, mercante con puerto madre en Valparaíso, en crucero de regreso con escalas en Rotterdam, Santos, Colón, Guayaquil y Callao. Buen viaje a la patria. Buenos vientos y buena mar, *¡ahoi, ahoi, ahoi!*

La tripulación del *Lebu* respondió con tres toques de bocina y el barco se perdió en el horizonte nocturno.

–Es un viejo capitán que saluda a los barcos que llegan y a los que se marchan. Nadie le paga por eso. Al jubilar, con sus ahorros compró el lugar, levantó la torre y así continúa su vida de marino. Por todos los diablos, ¡bendigámosle! –propuso el viejo Kurt, y lo hicimos.

Un poco más tarde y todavía emocionados con el viejo lobo de mar, llegamos a una casa desde la que se dominaba el río. Apenas entramos, el viejo Kurt se apresuró a indicarnos un mueble bar muy bien surtido, una caja de habanos, y llamó a alguien con nombre de mujer.

En México aprendí que, antes de los terremotos, los perros aúllan sin motivo, los gallos cantan a deshora y el bronce de las campanas emite un siseo de reptil.

Todo eso sentí cuando vi por primera vez a Silke.

–Aquí, mi esposa, aquí unos amigos hambrientos y mojados –presentó el viejo Kurt.

Los perros aullaron al tomar yo su mano, los gallos cantaron cuando acercó su rostro, sisearon todos los bronces y todos los reptiles cuando sus labios rozaron fugazmente mi cara en el beso de saludo.

Jamás había visto a una mujer tan bella. En el cenit de sus cuarenta años, su cuerpo tenía la perfección de la sorpresa constante, la larga cabellera rubia el tono preciso de la miel en el panal, y el azul intenso de sus ojos hablaba de navegaciones por todos los mares, por todas las bonanzas y todas las tormentas. Su esplendor escapaba al tópico, por lo demás justo, de la belleza de las alemanas del norte. Era mucho más: esa mujer era un clásico.

Nos dispusimos a cenar en una terraza junto al Elba, con la mesa iluminada por velas que prolongaban sus reflejos en el agua. El «cualquier cosa» prometido por el viejo Kurt resultó ser una formidable bandeja de embutidos y quesos, varias botellas de vino hicieron el viaje final desde la cava hasta la mesa, y luego, mientras el viejo Kurt narraba a los argentinos unas historias del Elba, Silke me sorprendió al preguntar en español si me sabía algún poema de Neruda.

–«Puedo escribir los versos más tristes esta noche...» –empecé.

En la Amazonia aprendí que el huracán se presiente en la piel y en los huesos.

–«... escribir, por ejemplo: la noche está estrellada y tiritan azules los astros a lo lejos»...

El huracán se instaló con furia bajo mi piel y entre mis huesos.

Sus ojos fijos en los míos parecían hacer una segunda lectura de los versos de Neruda. Una lectura de hembra: no escuchaba lo que decía sino lo que sentía.

–«... el viento de la noche gira en el cielo y canta»...

De mi boca salía el Poema Veinte, pero en mi cerebro retumbaban los versos de Maiakovski: «detente, como el caballo que adivina el abismo en las pezuñas, sé sabio, detente». Pero yo no quería ser ni caballo ni sabio, y el abismo era una invitación azul irresistible.

La única pasajera del vagón tejía con expresión ausente; tal vez ignoraba las dimensiones del dueño de aquel jersey, o no le importaba, porque tejía y tejía como si su labor fuera la mayor necesidad del mundo. Yo hacía lo mismo. Anudar y desanudar mis recuerdos era la necesidad más urgente.

En Niebüll, una densa niebla confería un carácter espectral al paisaje nevado. Pensé en Hamlet, solitario entre fantasmas, y eché a andar hacia el andén donde el tren de Sylt esperaba a los escasos viajeros. Muy cerca estaba el mar, el Wattenmeer de Klaus Störtebeker, el pirata del Elba que con valor real se anticipó a la bondad ficticia de Robin Hood, y estaba también ese norte tan buscado y que la niebla impide ver.

Antes de subir al vagón, fui hasta el kiosco y compré una petaquita de vodka. El primer trago me lo eché ya sentado. Era el único pasajero del vagón y la soledad me gustó porque me permitía hablar en voz alta si lo quería. Creo que tenía diez años cuando, a miles de kilómetros de Niebüll, en la Patagonia, vi a un hombre que hablaba solo y le pregunté a mi padre si aquel tipo estaba loco.

«Puede ser, pero lo más probable es que esté hablando con un amigo invisible», respondió.

Empecé a hablar solo. Primero dije que de todas las regiones del mundo amaba particularmente aquélla, pues la soledad de las costas frisias me acercaba a un país al que no podía volver y mitigaba la nostalgia rabiosamente negada cada vez que alguien me preguntaba si añoraba mi terruño. Luego dije que me gustaban los nombres de sus gentes, breves y sonoros. Los hombres se llamaban Dirk, Jan, Jörg, Hark, y las mujeres Anke, Elke, Silke. La sonoridad de sus nombres armonizaba con el *platt,* ese dialecto que tenía la misma cadencia de las olas al reventar contra los acantilados.

Silke siempre se empeñó en hablarme o en español o en «Hochdeutsch», el alemán unificado que permitía a un bávaro entenderse con un prusiano, pero yo le insistía en que lo hiciera en su dialecto. Hablaba con los labios, enfatizaba con los ojos, adornaba los adjetivos llevándose una mano a la rubia cabellera, y ni las más bellas palabras tenían la fresca blancura de sus dientes.

Al mes de habernos conocido recibí de Kurt y Silke una invitación para dar un paseo junto al Elba. Iríamos de picnic: buen jamón de Westfalia, vino del Rin y pan de cinco granos horneado por los panaderos ribereños. Varios amigos de la pareja se unieron al paseo, y al atardecer Silke me propuso alejarnos para observar una colonia de cormoranes. Mientras caminamos por la playa de guijarros, en determinado momento la vi perder el equilibrio y tomé su mano. Así continuamos paseando. Los cormoranes abrían sus alas al sol del ocaso y yo sentía la fragilidad de sus dedos.

–Las manos son la única parte del cuerpo que no miente. Calor, sudor, temblor y fuerza. Ése es el lenguaje de las manos –dijo sin apartar la vista de las aves.

Abrí sus dedos y los hice entrelazarse con los míos. Sentí su calor, su sudor, su temblor y fuerza.

–Ahora dilo en *platt* –le pedí.

Y lo hizo, mientras sus dedos buscaban y decidían el mejor acomodo entre los míos.

Platt. Nunca llegué a hablarlo con soltura, pero me encantaba escuchar cuando el viejo Kurt lo hacía con los camaroneros y marinos de List. Les preguntaba por sus barcos, por el imprevisible humor del mar, por los peligros acechantes en las frías aguas de Groenlandia, que esos hombres conjuraban con risas estentóreas y unos buenos buches de cerveza.

El viejo Kurt amaba todo lo relacionado con el mar. Siempre quiso ser marino, pero no de la marina de guerra sino de la otra, la de los nostálgicos capitanes que se echaban unos tragos en Hamburgo, en las cantinas vecinas a los hogares de marinos de Landungsbrücken. Allí se fumaban todos los tabacos del mundo, al aroma picante del buen Cavendish se agregaba el del ron, el de la cerveza y el de las patatas con piel ofrecidas gratis a los parroquianos. Los viejos capitanes hablaban golpeando las mesas para enfatizar sus «que el diablo se lleve por los fundillos a todos esos hijos de puta que han puesto las naves bajo banderas de conveniencia». Entonces, el viejo Kurt también golpeaba la mesa, gritaba el *«noch 'ne»* con el que ofrecía una ronda más a los marinos, pues ya los tenía bien dispuestos a narrar sus aventuras por todos los mares, y al aroma del tabaco, del ron, la cerveza y las patatas, se sumaban los aromas de las tormentas, de los naufragios, de las noches de guardia en la soledad del puente mientras cruzaban el Atlántico o pasaban el temible Cabo de Hornos, hasta que alguno de los viejos navegantes lanzaba una carcajada antes de decir: «Todo eso está muy bien y es muy interesante, pero yo en las Malvinas me llevé al huerto a una señora *kelper* respetablemente casada con un señor *kelper* y puedo jurar que preparaba un estupendo pastel de calabaza».

–Como esos marinos quiso ser –me dijo Silke a comienzos del otoño y paseando por las orillas del Alster.

Nos veíamos a solas, pero no íbamos más allá de tomarnos de la mano, uniendo nuestros dedos con desesperada fuerza, o de pasarle yo un brazo sobre los hombros mientras mirábamos el silencioso nadar de los cisnes, sumidos en otro silencio tan espeso como el agua estancada para no decir lo que queríamos, pues aquellas palabras nos conducirían a un laberinto del que no podríamos ni querríamos salir.

Cada uno luchaba con su propio presente, a sabiendas de que mutuamente nos ofrecíamos lo que siempre habíamos soñado, confundiéndolo con sueños ajenos, afiebrados o lacerantes. Asumirlos como nuestros era renunciar a lo mejor que nos diera la vida y marcar el futuro con el estigma de la traición. Silke tenía cuarenta años y yo treinta y ocho, mucho fuego ardía en los cuerpos, pero aquel fuego apenas nos servía para templar los muros de acero de un silencio en el que, sin embargo, nos sentíamos dichosos y a salvo de nosotros mismos.

Como esos marinos quiso ser el viejo Kurt, pero la vida se le cruzó por delante y se conformó con leer a Conrad, Melville, Stevenson, a amar fervorosamente a Maqroll el Gaviero, el personaje de Álvaro Mutis al que llamaba su gran amigo cuando hablaba con otros navegantes en su casa siempre abierta a las gentes de mar. Yo también sentía el eco de su voz, pero mis oídos sólo estaban atentos a las palabras de Silke. Tenía la costumbre de hablar mirándome fijamente a los ojos, y yo me estremecía con la certeza del naufragio inevitable en el profundo mar azul de sus pupilas.

El tren empezó a moverse, a perderse en la niebla, y recordé que el viejo Kurt estuvo a punto de hacerse a la mar cuando tenía veinticinco años, en un vapor contratado por su familia para traer maderas y fertilizantes de Chile. Pero vino la guerra y fue llamado a filas.

El viejo Kurt venía de un linaje aristocrático, educado en latín y en griego, y si a esto se le suma el orgullo proverbial de los hanseáticos, era perfectamente comprensible que despreciara a los nazis. Los consideró una banda de vulgares criminales y de papanatas, jamás les serviría, y a la primera ocasión desertó y se unió a la resistencia, primero en Hamburgo y luego desde su exilio en Noruega. Con esa historia a cuestas no resultaba extraña su simpatía por los perdedores del Cono Sur de América, que insistíamos en edificar en Alemania las frágiles arquitecturas de la vida.

Silke no tenía linaje aristocrático ni le hacía falta. Sus padres habían sido rojos y de los más odiados por la bestia parda: espartaquistas, gentes duchas en la clandestinidad que lucharon hasta el fin de sus vidas sin claudicar ni renunciar a sus verdades justicieras. El padre, artesano restaurador de antigüedades, terminó sus días en el campo de concentración de Neuengamme. Apenas medio año antes de la capitulación alemana, escupió los pulmones a consecuencia de las palizas, de los fríos y del trabajo como esclavo de los vencedores vencidos. La madre logró sobrevivir oculta entre las bestias, y cuidó de Silke y de su hermana Anke, con la que Silke compartía una inteligencia graciosa y la misma belleza desconcertante.

El mar azotaba el tren por los dos flancos. Avanzando por la delgada línea del Hindenburgdamm, la plataforma de hormigón que sostenía el tendido ferroviario y que por casi una hora haría del ferrocarril un transatlántico a merced de las olas, recordé que el viejo Kurt se había valido de ese portento arquitectónico para contarme cómo conoció a Silke.

–Yo defendía mi soltería sosteniéndola como un espacio natural, de la misma manera que Sylt continuaría siendo una isla hasta que el mar le arrebatara el último pedazo, pero he ahí que una mañana, en el puerto, mientras observaba cómo los estibadores descargaban bananos de un barco proveniente de Costa Rica, la vi venir directamente hacia mí. Nos separaban unos veinte metros que ella reducía con sus pasos. Y no era una visión fruto del primer trago de la mañana. Quise huir, mas las piernas no me obedecieron y, cuando se detuvo frente a mí pidiéndome cambio pues necesitaba calderilla para mirar por los catalejos, corrí, créeme, corrí como un atleta hasta la tienda de recuerdos marinos y compré el catalejo más grande que tenían. Volví a la carrera y se lo entregué. Ella no entendía, y menos aún cuando le dije: «Tome, y todo lo que mire, sea lo que sea, es suyo». Nunca más le vi esa expresión de divertido desconcierto, y me valí de ella para presentarme, confesarle mis sesenta y cinco años y mi invicta soltería. Aceptó la invitación a un aperitivo y, qué más te cuento, de la misma manera que un pontón de material sólido transformó la isla de Sylt en una península, su forma de mirar me ató al mundo de los hombres con pareja. Y maldita sea si he exagerado en algo la historia.

Cuando la conocí entre los versos del Poema Veinte habían pasado tres años desde aquel encuentro. Eran una pareja feliz, y yo también lo era con la mía. Tal vez nos unía la ignorancia de una mecánica fundamental: la de la casualidad. Cuánta razón tenía Borges: «sabemos muy poco de las leyes que rigen la casualidad».

En el centro del Hindenburgdamm el viento del norte empezó a azotar el tren con violencia. Las olas bañaban los cristales y de inmediato las fuertes ráfagas de viento les devolvían la transparencia que me comunicaba con el gris severo del mar y del cielo. Era muy difícil saber dónde estaba la línea del horizonte, o tal vez resultaba más humano ignorarla, como nos dijo el viejo Kurt luego de una cena inolvidable.

El viejo Kurt reunió a cinco de sus amigos más cercanos, entre los que me contaba, para cenar en el Vier Jahreszeiten, el Cuatro Estaciones, el mítico restaurante que recibía a sus clientes con música de Vivaldi a cambio de ir de riguroso esmoquin. Cenamos opíparamente, bebimos los mejores vinos, el mejor coñac español, estupendos puros de Vuelta Abajo, y cuando un camarero le presentó la cuenta en una discreta carpeta de piel, con similar discreción se quitó un botón de oro de la faja y musitó: «Como siempre, la diferencia es para usted y sus colegas». Ésa era su gran ceremonia de homenaje a la vida y a la amistad: invitar a sus amigos y pagar con un botón de oro. Los demás conocían aquella costumbre y la celebraron con bromas a las que me uní. El viejo Kurt también celebró las ocurrencias, y cuando las risas decrecieron levantó su copa y habló sin quitar la vista del milagroso ámbar del coñac.

–Ayer estuve con mi médico. Camaradas, tengo un cáncer en estado terminal, pendo de un hilo muy delgado, y creo más humano no pensar por dónde se va a cortar. No hay nada que hacer, salvo beber y ser felices. *Prosit!*, y gracias por estar aquí.

Fui el único pasajero que bajó del tren en la estación de Westerland. Los avisos del turismo estival, las fotos de las dunas, esos paraísos nudistas, los toldos recogidos en las cafeterías y heladerías cerradas, y las bicicletas de alquiler sumidas en el largo sueño del invierno, conferían a las calles un aspecto de escenografía de alguna película de Bergman a punto de rodarse. Cerca de la estación encontré la agencia de alquiler de coches, consulté por uno, y tras esperar una media hora un hombre somnoliento me entregó las llaves de un Volkswagen.

Cuando tomé la carretera que me llevaba de Westerland a Keitum recordé cuántas veces la había recorrido junto a Silke, en días asoleados que pintaban de oro las cúpulas de las iglesias y las acogedoras casas con techo de paja. En algunas de ellas nos habíamos detenido para disfrutar de la exquisita cordialidad de sus habitantes, beber té en las preciosas porcelanas que llenaban de orgullo a sus dueños, gentes que conocían la dureza de la vida y por tanto disfrutaban de lo que tenían con pasión envidiable. Cuántas veces habíamos dejado el coche a la orilla del camino para internarnos tomados de la mano por los senderos trazados en las dunas, ver el mar y refugiarnos en el silencio salvador que, pese a su fuerza, no lograba ocultar el amor contenido y determinante del viejo arte de respirar.

Ahora, en cambio, la nieve cubría la paja de las techumbres y las dunas apenas se insinuaban bajo el manto blanco.

—Por aquí pasaron los romanos, los vikingos, los

normandos, y no se quedaron. Tan sólo las gentes de la isla, aferradas a ella, a sabiendas de que el mar se la arrebata a zarpazos como una maldición inexorable. Cada familia tiene esposos, hijos, nietos, antepasados arrebatados por el mar, y por eso son particularmente piadosos con los cuerpos que a veces bota la marea −me explicó Silke señalando con su mano los contornos de la isla, unos tres meses antes de la cena en que el viejo Kurt nos anunció la proximidad del fin, sin saber que sus palabras serían el motivo de este viaje entre la nieve y el viento.

El viejo Kurt resistió el tormento del cáncer de páncreas con estoicismo. Apretaba los dientes sin quejarse y, cuando los sedantes dejaron de aliviarle el dolor, se internó en una clínica para morir tranquilo y sin aspavientos. Ahí le visité, dos días antes del final.

−Hablemos claro, camarada −dijo con un resto de voz−. Sé que Silke siente algo muy profundo por ti, y tú por ella, pero lo has evitado para no traicionar mi amistad. No te doy las gracias porque sólo los necios agradecen la decencia; en cambio, te pido una cosa, y es que no se deje de cumplir mi última voluntad, y te exijo otra: que la hagas feliz.

Luego fue el silencio, definitivo para el viejo Kurt y digno en los ojos de Silke ocultos tras unos cristales oscuros. Durante varias semanas la vi apenas el tiempo suficiente para preguntarle cómo estaba y si necesitaba algo. Los días se acortaban, la oscuridad invernal ganaba espacio, pero el hombre no se resigna a perder la luz. Volvimos a encontrarnos en silenciosos paseos junto al Elba, hasta que el frío volvió a unir nuestros dedos ateridos, las manos repitieron su inequívoco lenguaje de calor, sudor, temblor y fuerza, para decir que las dos sangres buscaban un único caudal.

Y lo encontraron, en días y noches con luz propia, en un amor de náufragos que nos llevó a negar el tiempo, con el mundo asomado más allá de las ventanas, el placer como brújula y la fatiga de premio, hasta que la confesión desesperada de su amor, su nula disposición a ocupar el burdo espacio de la amante, y su generoso no obligarme a nada, fraguaron el filo de una lealtad que me cortó las venas.

Detuve el coche frente a la iglesia de Sankt Severin. La empinada torre estaba cubierta de nieve y su entorno desierto. Nada indicaba que los domingos de verano se llenaba de gentes que acudían a escuchar los conciertos de órgano. Tras rodear los muros de piedra entré al pequeño cementerio y caminé lentamente hasta el extremo colindante con el mar.

El viejo Kurt siempre quiso ser marino, no lo logró, pero su última voluntad fue compartir el destino eterno de aquellos a los que admiraba, y dispuso que su cuerpo, apenas envuelto en una mortaja, fuera depositado en la sepultura común de los apátridas, ahí donde se hermanaban hombres de tierras lejanas botados por la marea, hombres llorados más allá del horizonte, hijos del mar y del viento, tripulantes de la gran nave de la muerte.

–Y así están las cosas, viejo Kurt. No fui capaz de cumplir con tu exigencia. No será feliz conmigo ni yo seré feliz sin ella. Hace unas horas bebí de sus labios por última vez y las palabras de amor no resistieron al huracán de la razón. Le dije adiós y me mordí el alma. Para no traicionar a la vida traicioné al amor y no me siento orgulloso de lo hecho. No sé qué será de ella, ni qué será de mí. Ignoro si su dolor hará más insoportable el mío, o si el mío será el sacrificio para que el suyo cese. No conozco los vientos que barren las derrotas, ni de dónde soplan, ni sé si quiero esperarlos con las alas abiertas. Lo siento, viejo Kurt, huyo, sin rumbo ni timón, huyo. Tal vez mañana diga que por fin la he olvidado, hasta que sus ojos brillen en el fondo de una copa. Tal vez levante mi casa en otras tierras, hasta que el mar me susurre la textura de sus labios. Tal vez encienda el fuego, convoque a los míos y las sombras de los que amo me recuerden su ausencia. Pero me queda un consuelo que me une a tu destino: la certeza de que sólo tú y yo tenemos derecho a brindar por ella. ¡Salud! *¡Prosit,* camarada!

El ángel vengador

A Regula Sachs,
comisaria y jardinera

La mujer podía tener veinticinco o treinta años distribuidos en un cuerpo que, pese al estado en que se hallaba, se veía esbelto y bien formado, pero nada de eso importaba ya, pues entre ella y el tiempo se abría un vacío de total indiferencia.

De espaldas sobre una reluciente bandeja de acero, no era más que un bulto esperando el sello del expedidor que lo mandara al viaje definitivo, sin retorno ni apeaderos para posibles arrepentimientos. La muerte es la única de nuestras obras que alcanza la perfección, y nos está vedado verla.

Los dos orificios, uno sobre el seno izquierdo y el otro cerca de la garganta, estaban rodeados de aureolas violáceas que evidenciaban el impacto de los proyectiles antes de horadar la carne.

–¿La conoce? –preguntó el detective Kaltwasser, de la Kripo, la Brigada Criminal de Hamburgo.

La larga cabellera negra esparcida sobre la bandeja de metal debía de llegarle hasta los hombros y se notaba bien cuidada, las puntas estaban cortadas de manera prolija y en la quietud de su posición parecía un charco de brillante agua negra. De la boca pequeña, de labios carnosos y entrecerrados como si susurrara, asomaba el brillo de dos dientes blancos. Los ojos tampoco estaban cerrados del todo y la fría luz de la morgue se reproducía en el arco inferior de sus pupilas.

—¿La conoce? —repitió el detective Kaltwasser.

—No. No la conozco —respondí.

—Mírela bien, ella no tiene apuro, así que tómese todo el tiempo que quiera —dijo el detective, y con un movimiento enérgico retiró totalmente la tela verde que la cubría.

Era una mujer bella, de líneas bien definidas, cintura estrecha y largas piernas. La tonalidad color miel que aún conservaba su piel era auténtica, no un efecto de lámparas bronceadoras. Me sentí impúdico observando aquel cuerpo desprovisto de intimidad. Mis ojos huyeron de la vellosidad púbica y se detuvieron en el dedo gordo del pie derecho. Ahí, los de la morgue habían atado una etiqueta en la que se leían las consonantes «NN» y un número.

«NN.» *No name.* No nacionalidad. Dos veces nada.

—¿Y bien? —insistió el detective.

—No la conozco. Nunca antes vi a esta mujer.

—¿Está seguro?

—Nunca la vi, al menos que yo recuerde. ¿A cuántas personas vemos todos los días en la calle, en el metro, a la salida del cine? No sé quién es ni cómo se llama.

Salimos del depósito de cadáveres y echamos a andar por un largo pasillo frío y vacío de objetos, hasta que llegamos frente a una máquina expendedora de re-

112

frescos. El detective echó unas monedas en la ranura y a continuación me ofreció un vaso de cartón con un líquido que olía vagamente a café.

–Tiempo de mierda –murmuró mirando hacia una ventana. Al otro lado de los cristales se veía la calle, apenas iluminada por el amanecer lluvioso.

–No me molesta la lluvia, es lo que me gusta de Hamburgo –respondí.

–A mí me molestan los cadáveres sin identificar, sobre todo si son mujeres jóvenes y bonitas, y más todavía si tienen dos agujeros de bala en el cuerpo –replicó sorbiendo su brebaje.

Revolvía el café con una cucharilla de plástico, soplaba, bebía y no dejaba de observarme. Tal vez recordaba alguna lección de la academia de policía que aconsejaba considerar sospechoso a todo el género humano.

–Creo que es compatriota suya –dijo arrojando el vaso a un basurero.

–Puede ser, pero no la conozco –insistí.

–Sin embargo, sabe que es compatriota suya –agregó.

–No lo sé. ¿Cómo diablos voy a saberlo?

–Por los rasgos, son inconfundibles –agregó.

Ese tipo me había sacado de la cama a las seis de la mañana sin darme tiempo ni para tomar una ducha, asegurando que se trataba de una cuestión de minutos, me había llevado a la morgue para ver el cadáver de una bella desconocida y ahora sostenía que un lazo de nacionalidad me unía a aquella mujer.

—Es tan chilena como usted, ¿verdad? —inquirió apuntándome con su índice acusador.

Quise decirle que, según el último censo, los chilenos éramos trece millones, doce en el país y un millón vagando en el exilio, que había chilenas morenas, rubias, pelirrojas, calvas, flacas, gordas, esculturales, grandes y petisitas, pero que no las conocía a todas, muy a mi pesar, hasta que la aparición fortuita de un aseador me entregó argumentos de más peso.

—Señor Kaltwasser, ¿de dónde es ese tipo? —dije señalando al bigotudo que pasaba la fregona por el pasillo.

—Turco. Ignoro de qué región, pero es turco —aseguró.

Llamé al bigotudo, que se acercó nervioso al oler a la pasma. Le pregunté de dónde era, y en un alemán chapurreado contestó que era de Cracovia, polaco, católico y con los documentos en regla.

—Rasgos inconfundibles, ¿eh?

—Vamos. Quiero que vea ciertas cosas —dijo disimulando el mosqueo.

—¿Adónde vamos? Ya vi el cadáver y no conozco a la mujer. ¿Qué más quiere de mí?

—Saber por qué tenía su nombre y su número de teléfono. Soy muy curioso —dijo, y empezamos a caminar hacia la salida.

El edificio de la Kripo hamburguesa, como todas las dependencias policiales, se veía lúgubre por fuera, sobre todo bajo el cielo encapotado del otoño. Pero, dentro, la pasión alemana por las plantas de interior le daba un aire de exotismo al ambiente. En casi todos los escritorios había macetas con yucas, en los rincones se multiplicaban los horrendos gomeros y todas las ventanas estaban engalanadas con tristes higueras del trópico.

Una vez aclarada mi condición de cooperante voluntario y en ningún caso de detenido, el detective Kaltwasser me ordenó esperar en una sala que tenía mucho de invernadero. Al poco tiempo de estar ahí, fumando y hojeando unas revistas que ofrecían automóviles, entró un mastodonte armado de una regadera de plástico y de la Walther nueve milímetros reglamentaria en una sobaquera.

–¿Le importaría apagar el cigarrillo? Si lo desea puede fumar en el pasillo –dijo el hombre a manera de saludo.

Aplasté la colilla y lo vi ponerse de rodillas en un rincón de la sala. Así y todo, sus hombros quedaban a la altura de mi cabeza.

–Gracias. A mi pequeñita le afecta el humo –exclamó con odioso tono paternal.

–¿Su pequeñita? –inquirí buscando una mujer gnomo o una ardilla.

–Ella. Es un áloe vera de Java. Las hojas excretan una mucosidad de propiedades cicatrizantes –dijo señalando un manojo de lengüetas verdes que asomaban en una maceta.

La oficina del inspector Stahl, donde me hicieron entrar poco después, tenía muebles de madera color natural. Olía a Ikea por todas partes y una estera de fibras de coco daba calidez escandinava al ambiente. Los psicólogos de la oficina de personal aconsejaban trasladar algo, algún detalle del hábitat familiar, al lugar de trabajo, y ese policía se lo había tomado muy en serio. El inspector Stahl me indicó una silla de madera frente a su escritorio, y para vernos las caras apartó la maceta con el árbol del paraíso que se interponía entre nosotros. A su espalda había un librero, también de madera, con un enorme helecho en la parte de arriba, y me pregunté si no estaría en una dependencia de la policía forestal. El detective Kaltwasser permanecía de pie, sosteniendo una caja de cartón.

–Lamento abusar de su tiempo, y también agradezco su cooperación –dijo el inspector Stahl al tiempo que abría un frasco de aspirinas.

Pensé que iba a ofrecerme una, pero se limitó a enterrar varias en la maceta del árbol del paraíso.

–Es lo mejor para las plantas. Asegura hojas firmes y sin parásitos –añadió guardando el frasco en un cajón del escritorio.

–¿Usted también cultiva plantas? –pregunté al detective.

–Más que eso. Kaltwasser es un apasionado jardinero, sus tulipanes son espléndidos –se apresuró a indicar el inspector.

–Gracias, señor inspector –dijo el detective con evidente bochorno.

–Las cosas como son. Pero basta de hablar de plantas y recapitulemos: anoche recibimos la llamada de un ciudadano que aseguró haber oído disparos en una habitación del hotel Blaue Stern. ¿Sabe de qué hotel hablo? –empezó el inspector.

El Blaue Stern, la Estrella Azul, un hotel de paso, pulgas y putas cerca de la Estación Central de trenes, en el pecaminoso barrio de Sankt Georg, el segundo Chinatown de Hamburgo. Eso lo sabía cualquier habitante de la ciudad.

–Sé dónde está, pero nunca he sido huésped de ese hotel –respondí.

–Y hace bien. No es un lugar recomendable. Acudimos al lugar y nos encontramos con que, efectivamente, se habían efectuado dos disparos de pistola, dos balas que salieron del cañón de un arma extraña, inusual entre la delincuencia de Hamburgo, casi una pieza de museo. Una Ballester, de fabricación argentina. ¿Sabe algo de armas? –prosiguió el inspector Stahl.

Algo sabía, pero de fuentes literarias. Durante muchos años la policía argentina usó pistolas Ballester, una copia pirateada de la Colt del ejército norteamericano, y también fue un arma bastante popular entre los guerrilleros del Cono Sur latinoamericano. En muchas novelas de Soriano, Sasturain, Rolo Diez y Giardinelli se citan esas pistolas.

–Nada. Nunca me gustaron las armas de fuego.

–Mejor así. Dos disparos, dos balas calibre nueve milímetros que se alojaron en el cuerpo de una mujer, por el momento sin identificar, y que le provocaron una muerte instantánea. Según Kaltwasser, usted asegura no conocer a esa mujer.

–Y lo sostengo. Ha de haberse registrado en el hotel.

–Eso pensamos, pero el recepcionista de noche, un portugués, jura que no la vio entrar, y el recepcionista de día tampoco. Cómo y cuándo entró al hotel es un misterio. ¿Tiene alguna idea al respecto?

Cuando la pasma se empeña en que sepamos algo, hay que pensar muy bien las respuestas. No existe nada más triste que un policía decepcionado. Sentí unos deseos irrefrenables de encender un cigarrillo, pero el helecho estaba ahí, con toda su indefensión verde muy bien custodiada por los dos policías.

–Hablemos claro. ¿Me consideran sospechoso?

–No, pero usted tiene algo que ver en este asunto. La mujer tenía su nombre y número de teléfono nítidamente anotados en una libreta. Kaltwasser, abra la caja –ordenó el inspector.

El detective quitó la tapa y volcó varias bolsas de plástico sobre el escritorio. Eran distintos objetos, el resumen de una vida sintetizado en envoltorios transparentes.

Kaltwasser hizo inventario:

–Un lápiz de cejas de fabricación francesa; por el código de barras podremos saber dónde fue comprado. Un sobre de sal de frutas de fabricación mexicana. Un sobre de sellos postales españoles. Varias tarjetas telefónicas francesas, italianas y españolas y una alemana, esta última todavía con saldo. Unos billetes del metro de París. Monedas francesas, italianas, danesas, españolas, suecas, rusas y alemanas. Un bolígrafo Parker. Un billete de tramo corto de la línea 3 del metro hamburgués usado ayer por la tarde. Vestía botas de fabricación española, pantalones hechos en Portugal, panties sin marca de fábrica, bragas alemanas, sostén italiano, un jersey coreano, gabardina taiwanesa y un pañuelo de seda sin marca. ¿Le dice algo alguno de estos objetos y prendas?

–Supongo que eso es la globalización, y que cuando llegue el euro todo será más fácil para ustedes.

–Hay un espacio feliz para la ironía y otro atroz para la sorna. ¿Sabe de quién es la frase? –preguntó el inspector.

–No, pero suena bien. ¿Qué diablos quieren de mí?

–Lo dijo Nietzsche –indicó el detective Kaltwasser, y arrojó sobre la mesa una pequeña libreta de hojas unidas por una espiral de alambre.

–Cójala sin temor –ordenó el inspector.

–Fue comprada hace dos días en los almacenes Hertie de la Estación Central –agregó el detective.

Era una de esas pequeñas libretas de bolsillo, de unas cuarenta hojas cuadriculadas. En la tapa había una foto de un minino jugando con un ovillo de lana roja. La parte posterior era de cartón gris, y aún tenía la pegatina de Hertie con el precio. La abrí; en la primera hoja no había más que unas rayas sin sentido, hechas como para probar el bolígrafo de tinta azul, pero en la segunda, escritos con caligrafía apurada, aparecían mi nombre y mi número de teléfono. Nada más.

–Usted elige: ironía o sorna –dijo el inspector.

—No sé quién es la mujer ni por qué tenía mis datos.

—Le creo. ¿Sabe por qué le creo? Resulta que soy un hombre muy crédulo, y por eso mismo creo que la mujer quería comunicarle algo. ¿Lo hizo? —insistió el inspector.

—No. ¿Por qué lo cree?

—Tal vez porque usted es periodista. ¿No le parece lógico? —agregó Kaltwasser.

Tras hacer acopio de todos mis conocimientos de criminología aprendidos leyendo a Evan Hunter, sugerí que tomaran huellas dactilares o que revisaran mi contestador automático. Las miradas que los dos polis cruzaron me hicieron sentir ridículo y abandonado.

—No existe un archivo universal de huellas —dijo el inspector.

—Y en algunos países como Alemania, por ejemplo, sólo se toman las huellas a los individuos que han transgredido la ley —apuntó Kaltwasser.

Diez minutos más tarde volvía a responder a las preguntas del detective y éste mecanografiaba mis respuestas con gestos de evidente incredulidad. La noche del crimen había cenado con un grupo de amigos que respondieron a las llamadas comprobatorias de Kaltwasser sin una sola contradicción. Repetí el menú que pedimos en el restaurante chino de la Lincolnstrasse, y detallé los aspectos de la sobremesa, que fue larga, con agudos comentarios sobre la película que habíamos visto en el cine Oasis. Además, conservaba el recibo del taxi que me dejó en casa a las dos y veinte de la noche.

–¿Qué película vieron? –indagó Kaltwasser.

–*Tacones lejanos.*

–Almodóvar. No me gustan las películas de Almodóvar. Mejor dicho, no me gustan las mujeres de Almodóvar. Son demasiado atrevidas, demasiado liberales, y eso no me parece bien –apuntó el detective.

Salí del edificio de la Kripo con la recomendación de no ausentarme de la ciudad en los días siguientes. Llovía a cántaros, así que corrí hasta la parada de taxis y poco antes de las nueve de la mañana estaba en casa preparando una generosa jarra de café.

Hasta la llamada del detective Kaltwasser, me definía como un tipo bastante feliz en Hamburgo. Me gustaba la lluvia y allí llovía a destajo. Los hombres solos se apegan a sus ritos, y si no los tienen los inventan. A mí me agradaba particularmente desayunar junto a la ventana, sentir la lluvia al otro lado de los vidrios, con la música de la emisora NDR2 saliendo a muy poco volumen de la radio, apoyar una novela de Ed McBain en la botella de leche y disfrutar del insuperable pan alemán, variopinto, surtido y siempre crujiente.

Uno nace inocente como un asno, pero basta un leve trato con la pasma para saberse culpable de algo, no importa de qué. La policía es una agenda recordatoria del pecado original.

Mientras el agua hirviente caía gota a gota sobre la porción de café, apreté la tecla reproductora del contestador automático. La secretaria del *Morgenpost* me recordaba que, como siempre, estaba atrasado con un artículo sobre el derby de Kiel, pues a la sazón me ganaba la vida escribiendo sobre caballos. Era una forma tranquila de sobrevivir, cómoda y sin los sobresaltos de los desmentidos o cartas al director, porque los caballos suelen ser felizmente analfabetos.

El segundo era un mensaje de una mujer a la que había echado el anzuelo la noche recién pasada. Sugería un café frente al Alster para continuar hablando de Almodóvar y de los tacones, piezas que, lo había declarado con seductora convicción durante la cena, deberían ser de uso obligatorio en un país que sacrificaba la belleza en aras de una dudosa salud proporcionada por los zapatos ergonómicos, biológicos o como quisiera llamárseles. Sus palabras provocaron un acuerdo inmediato, y siempre me agradaron las mujeres capaces de generar tales sinergias.

El tercer mensaje era en español y lo había dejado una voz masculina que, pese a la modulación intencionadamente lenta, no conseguía ocultar un tono muy del Caribe.

No decía mucho, pero su laconismo era de por sí más que elocuente: «Abre la boca y eres hombre muerto».

Lo escuché varias veces. A la cuarta o quinta vez mi corazón dejó de sonar como un tambor y descubrí una musiquilla de fondo. Aumenté el volumen del contestador. Era la música de una canción de Juan Luis Guerra que habla de cierta dama a la que le sube la bilirrubina. «Abre la boca y eres hombre muerto.» También a mí se me subió la bilirrubina y de inmediato llamé a mis recientes amistades de la Kripo.

A los veinte minutos el detective Kaltwasser llegó acompañado del mastodonte mimador de áloe veras. Éste se presentó como Meier y empezó a instalar un reproductor de cintas que eliminaba los ruidos parásitos.

La voz amenazante se tornó más nítida, y también la música de fondo. Traduje el mensaje, Kaltwasser lo anotó varias veces, observó el contestador con ojo crítico y concluyó que era una miserable antigualla, de los que no registran la hora de recepción del mensaje.

–Parece que está metido en un buen lío –comentó.

–Es criminal lo que hace –apuntó Meier.

–¿Yo? Pero si no he hecho absolutamente nada –protesté.

–Todas las plantas del balcón están secas. Son plantas de interior y no resisten las heladas. Creo que ya no se puede hacer nada por ellas –se lamentó.

–¡Y qué me importan esas plantas de mierda!

El mastodonte quiso agregar algo pero un gesto de Kaltwasser lo detuvo. Por el momento tenían que preocuparse de una «NN» ultimada a tiros y de una llamada amenazadora. Ya habría tiempo para charlar sobre mi desidia con los vegetales. Eso entendí en el gesto del detective.

Firmé, sin leerla, la autorización para que pincharan el teléfono y salí del piso para que los dos polis hicieran su trabajo.

–En la cafetera hay café recién hecho –dije mientras me ponía el abrigo.

Meier se acercó a la cafetera y tomó el paquete de Tchibo.

–¿No tiene café ecológico? –preguntó sin mirarme.

La lluvia se había transformado en una llovizna insistente y pegajosa que impedía ver más allá de unos cuantos metros. Quería caminar a trancos rápidos, se me ocurría que era la mejor forma de conjurar el miedo, pero tampoco quería llenarme de valor. Los únicos héroes legítimos son los héroes muertos, y yo no tenía pasta de héroe ni ganas de tal reconocimiento. Anduve entonces mirando las vitrinas, tratando de convencerme de la bondad emboscada tras los secadores de pelo, de la piedad de los neumáticos o de la indudable bonhomía de los enanos de jardín.

En Hamburgo, cualquiera que sea la dirección que uno tome, se termina siempre por llegar a la Estación Central. Como era habitual, los amplios pasillos se veían transitados por viajeros nerviosos, atemorizados por la muchedumbre de drogadictos y vagabundos que encuentran ahí un poco de calor para los huesos y algún resto de comida. El sistema de megafonía anunciaba la salida del expreso París-Varsovia, la llegada del *intercity* de Munich, la salida del rápido Basilea-

Zurich. ¿Había estado la «NN» en alguna de aquellas ciudades?

Salí de la estación, crucé la avenida y me detuve a mirar los afiches del teatro. La Schauspielhaus anunciaba funciones de *Peer Gynt*. No. Decididamente, Ibsen no es un gran levantador de ánimos.

¿Y si publicaba un anuncio en el *Morgenpost*? «A quien corresponda: informo que la "NN" de la morgue de Hamburgo no me dijo absolutamente nada de nada».

Cuando me vi en la plaza de Sankt Georg quise retroceder, pero las piernas no me obedecieron. Nos guste o no, todos llevamos escrito en nuestro código genético la mecánica de la fuga hacia delante.

Unos polis paseaban sus uniformes verdes entre la fauna del lugar. Los nigerianos, con las manos en los bolsillos y ojos asustados, simulaban esperar un autobús que nunca llegaría, confiados en que el frío y la llovizna alejarían a la pasma para poder ofrecer sus barras de hachís adulterado con parafina. Los albaneses apretaban el culo para sostener las cápsulas con heroína rica en cal, polvos talco y harina. Los rusos insistían en seguir leyendo periódicos de los que no entendían ni media palabra, con los zapatos llenos de papelillos de cocaína bautizada con aspirina. En los Mercedes estacionados a los costados de la plaza, los serbios de Arkan, los chechenos, los búlgaros, los rumanos y los rubios casi albinos de algún infierno transasiático comentaban sus negocios de armas, putas o material radiactivo. Y en medio de todo eso, alguna jubilada se disculpaba por las molestias ocasionadas por su costumbre de sacar a mear al caniche.

Los polis se alejaron dejando tras ellos un hálito de nostalgia por el muro de Berlín, y un vietnamita expuso a la llovizna un inocente cartón de Winston, el cigarrillo más contrabandeado del planeta.

Sentado en la gradas del Blaue Stern, un yonqui trataba de mantener el pulso para pincharse en una vena del cuello. La «NN» había entrado en el hotel, forzada o voluntariamente, y quería saberlo. En la recepción, un gordo empeñado en colgar de unos ganchos las llaves de los cuartos interrumpió su trabajo y me escudriñó sin disimulo.

–Veinte marcos la hora. Si viene a practicar el onanismo trate de no salpicar los muros. El día completo vale ochenta y se paga por anticipado.

–Quiero hablar con el que atiende por la noche. Es un portugués amigo mío. ¿Sabe dónde puedo encontrarlo?

–Lo sé. Otra cosa es que se lo diga.

Puse un billete de veinte marcos sobre el mesón.

–Vive en Altona. En el hogar de la iglesia de Sankt Jacob.

Salí sin despedirme. El yonqui de las gradas se había dormido con la jeringuilla clavada en el cuello.

Los antiguos habitantes de Altona decían que el humo y los uniformes son sinónimos de tragedia, y mientras quede en pie una de las casas del viejo barrio obrero de Hamburgo el dicho popular seguirá vigente. No había humo en la iglesia de Sankt Jacob, pero sí muchos uniformes policiales y una cinta amarilla que impedía el paso a los feligreses.

El inspector Stahl y los detectives Kaltwasser y Meier no se mostraron sorprendidos de verme.

—Me imagino que viene por un asunto de fe —comentó el inspector.

—Consuela ver que todavía quedan creyentes —agregó Kaltwasser.

Meier se encogió de hombros y me miró con el mismo interés que seguramente prodigaba a las cagadas de perros.

En la parte trasera de la iglesia un enjambre de policías anotaba los datos de los argelinos, kurdos y otros extranjeros que soportaban el miedo y la llovizna. Habían separado a los que consideraron ilegales, y el pastor los defendía con argumentos tan viejos y gastados como los Testamentos.

—Doy por sentado que no lo conoce —dijo el inspector, mientras descorría la cremallera de una bolsa plástica negra. Dentro había un hombre, también negro, con un agujero en mitad de la frente.

—¿El portugués? —pregunté, seguro de conocer la respuesta.

—Se llamaba Nelson da Freitas, cuarenta años, nacido en Cabo Verde y nacionalizado portugués. Es todo lo que sabemos y usted tampoco sabe más. ¿O me equivoco? —escupió el inspector.

«Piensen en el derby de Kiel, piensen en esos hermosos cascos galopando sobre la arena», les repetí a mis neuronas mientras veía cómo cerraban la bolsa plástica y luego se llevaban el cuerpo. Pero fui incapaz de imaginar un caballo.

Kaltwasser hizo un resumen de las declaraciones de los testigos que sonaba más o menos así: «El portugués dormía, los demás huéspedes del dormitorio colectivo echaban unas partidas de dominó junto a la estufa o revisaban las listas de empleos cuando, como en una canción de Rubén Blades, el asesino entró con entera naturalidad. Abrió la puerta, saludó con un gesto, se dirigió sin vacilar hasta la cama del portugués y le descerrajó un tiro entre los ojos. Era un hombre blanco, alto, llevaba un gorro de lana azul, lucía un grueso bigote y la pistola era enorme.

»Luego del disparo se retiró con la misma naturalidad con que había entrado, y con un gesto les invitó a guardar silencio».

El inspector Stahl escuchaba y observaba el casquillo de bala envuelto en un sobre plástico.

–Juraría que fue disparada por una Ballester. Venga con nosotros, creo que tenemos otro tema para la sobremesa –dijo, indicándome uno de los autos.

Caía la noche cuando abrimos la puerta de mi piso. Meier inspeccionó las habitaciones, la cocina, el baño, y enseguida la emprendió con los cajones.

–No creo que el asesino se esconda ahí –comenté al verlo revolver entre los calcetines.

–Nunca se sabe –respondió.

Nos sentamos frente al televisor. Meier dejó la pistola sobre la mesita de centro y se quitó la sobaquera con alivio. A pesar de la calefacción hacía frío, porque al verme encender el primer cigarrillo el mastodonte había abierto una ventana.

Así pasamos las primeras horas. Vimos el noticiero de la cadena ZDF, que informaba sobre dos misteriosos hechos de sangre, uno ocurrido en el hotel Blaue Stern y el otro en la iglesia de Sankt Jacob. Luego vimos un interesante documental sobre la vida sexual del calamar, y a continuación un concurso de preguntas y respuestas.

–Perú –dijo Meier, visiblemente enfadado.

–¿Perdón? –me atreví a decir.

–El mayor productor de guano es Perú. Ese imbécil no ha respondido ni una sola pregunta.

La rubia animadora del programa confirmó sus palabras. Extrajo una tarjeta de un sobre y leyó que Perú es el mayor productor y exportador de guano para la agricultura y la jardinería.

Cuando el campanario de Sankt Michaelis dio las nueve de la noche, Meier se sobó la panza.

–¿Usted no come? –preguntó.

–Podemos pedir una pizza –sugerí.

–Desde luego. Y el repartidor nos vuela los sesos.

Lo sentí trajinar en la cocina, abrió y cerró armarios, examinó la nevera y regresó a la sala moviendo la cabeza con expresión de desconsuelo.

–No cuida las plantas ni se cuida usted. Tiene pura basura, alimentos genéticamente modificados, llenos de conservantes, colorantes, aromatizadores. ¿Siempre come veneno? –inquirió.

–Lo siento, pero se puede pedir una pizza integral con queso de soja.

El mastodonte se limitó a suspirar y enseguida se sentó a sobarse las manos. Hacía sonar los nudillos en una serie de pequeños estallidos que eran como un símbolo de una extraña furia contenida. Yo no le gustaba y sin embargo tenía la misión de protegerme, así lo demostraba con las miradas inquisidoras que me dirigía a ratos y que hacían que me sintiera como un parásito adherido a su corpulenta presencia.

Habíamos compartido varias horas juntos aquel día, pues al regresar de la iglesia de Sankt Jacob al cuartel de la Kripo me dejaron a su cargo en una oficina vacía, salvo por la mesa y una silla de aluminio. Noté agresivo a Meier y temí por mis costillas. A mí no me gustaba estar ahí, sentado y con la certidumbre de vivir un tiempo prestado, totalmente ajeno a esa rutina personal que da sentido al tiempo que de verdad nos pertenece, y a él tampoco le agrada mi compañía. Podía verlo en su manera de sobarse las manos o de acomodar la sobaquera, cuyos correajes se le incrustaban entre los pliegues de su humanidad.

–¿Sabe lo que tiene que hacer? –preguntó de pronto y su voz retumbó en la soledad de la oficina.

–Les he dicho la verdad. Si quieren, me someto voluntariamente a la prueba del polígrafo –dijimos yo y mi cultura de lector de novelas policiacas.

Meier suspiró antes de hablar.

—Tiene que cambiar la tierra de las plantas del balcón. Es posible que las raíces aún estén vivas.

Asentí con un movimiento de cabeza y eso bastó para que Meier desatara su talento pedagógico. Soporté una perorata sobre abonos, herbicidas, acaricidas, insecticidas y los peores comentarios acerca de la maldad de los caracoles. En voz alta dije que tenía toda la razón, cuando, dejando caer los puños sobre la mesa, me advirtió de los peligros del agua de lluvia; por culpa de las centrales nucleares llovía mierda ácida, bastaba con asomarse a los parques de la ciudad para darse cuenta, y por lo tanto había que regar las plantas sólo con agua del grifo convenientemente reposada.

El regreso de Stahl y de Kaltwasser suspendió el doctorado en jardinería. Me condujeron nuevamente a la oficina escandinava del inspector, y ahí me indicaron una bandeja con bocadillos de arenque.

—Coma, pronto traerán unas cervezas. Coma y entretanto díganos por qué quería ver al portugués. Puede hablar con la boca llena si le place —dijo el comisario.

Les dije la verdad. Yo mismo me sorprendí al confesar que el puro y simple miedo me había impedido dar marcha atrás cuando llegué hasta el frontis del hotel Blaue Stern, y que mi cultura de lector de novelas policiacas me había aconsejado sobornar al recepcionista para que me diera la dirección del portugués.

En algún maldito libro leí que los criminales sienten un profundo alivio después de confesar lo que hicieron, pero mi confesión no me procuró más que una sensación de ridículo.

—Le creo. El miedo es mal consejero —comentó Stahl.

—Escuche esto —agregó el detective Kaltwasser y echó a andar un magnetófono.

La misma voz que me amenazara desde mi contestador repetía su mensaje: «En boca cerrada no entran moscas, no juegues con fuego, pendejo».

Los polis ya tenían la traducción y sólo tuve que explicarles el significado de la última palabra.

—Esto va en serio. Puedo ser el siguiente —murmuré.

—Eso parece, a no ser que de una condenada vez nos diga todo lo que sabe —exclamó el comisario golpeando el escritorio.

La pasma es muy incrédula, sobre todo cuando se enfrenta a las tristes verdades de un tipo cuya única aspiración es sobrevivir tranquilo a la pobre oferta del presente, porque el pasado, con todo su esplendor, quedó definitivamente atrás y el futuro es como apostar a los caballos; todo depende del viento, de la consistencia del suelo, del lodo y, más que nada, del poder de los que apuestan fuerte. No hay vencedores naturales sino primeros lugares decididos entre sombras. Las carreras de caballos, como todo en la vida, están amañadas, y no nos queda más que bailar al son de los que pagan la orquesta.

—O sea que usted es lo que se llama un buen ciudadano —comentó el comisario.

—De los mejores. Amaestrado, domesticado, asimilado, integrado. No tengo nada que ver ni con la «NN», ni con el portugués, ni con el tipo de las llamadas.

–Le daremos protección.

–Ya conoce a Meier. Él será su ángel custodio –indicó el detective Kaltwasser.

Y ahí estábamos, en mi piso de hombre solo. Meier ocupado con sus falanges y yo ordenando los motivos del miedo.

A las once de la noche Meier empezó un paseo nervioso que lo llevaba de la puerta a la ventana y de la cocina al baño. Un ruido sordo escapaba de su estómago. Bebió agua en abundancia y volvió a sentarse frente al televisor.

En la primera cadena mostraban el Festival del *Strudel*, en Saarbrücken, y una interminable fila de tartas de manzana llenó la pantalla. Cambié de canal. En la segunda pasaban una película con Bud Spencer que transcurría en Sicilia, y el gordo barbudo engullía un gigantesco plato de espaguetis. La tripa de Meier emitió un pavoroso ruido de desagüe recién desatascado.

Lo vi tomar el teléfono con expresión de angustia.

–Soy yo –empezó diciendo–, desconecta el chisme y que alguien nos traiga algo de comer. Disculpa, pero ya sabes cómo me pongo cuando tengo hambre.

Colgó y regresó frente al televisor. Por fortuna, una cadena privada emitía un documental sobre Bangladesh y nadie comía en la pantalla.

En Bangladesh se movían hombres y elefantes. En Hamburgo la noche transcurría lentamente. Llovía, y el ruido monocorde de la lluvia se tragaba los rumores de la calle. Pensé que era la noche perfecta para un asesinato, y de inmediato juré no volver a abrir una novela policiaca. Meier se apretaba la barriga cada vez que ésta protestaba y a continuación miraba la hora. Empecé a sentir simpatía por él, seguramente tenía una familia, una mujer y unos niños tan corpulentos como él que ya estarían durmiendo, satisfechos de haber cenado nabos, espinacas y otros productos sanos de la tierra.

A las once y quince sonó el timbre. Meier cogió la pistola y fue hasta el portero automático. Pulsó la tecla del interfono y preguntó quién era. De la bocina nos llegó la voz conocida del detective Kaltwasser.

Meier permaneció junto a la puerta con un ojo pegado al visor. De pronto suspiró aliviado, metió la pistola en la sobaquera y abrió.

Kaltwasser entró como una tromba. Tropezó con la mesita de centro y cayó al suelo. En el marco de la puerta se recortó la imagen de un hombre que vestía una gabardina verde oliva y sostenía una pistola en la mano derecha. El silenciador hacía que el arma se viera enorme.

–Usted, acérqueme la bolsita –me ordenó indicando la bolsa de papel que el detective Kaltwasser todavía tenía en una mano.

Me incliné para cogerla mientras el cañón del arma seguía mis movimientos.

Tiré la bolsa a sus pies, él flexionó lentamente las piernas sin dejar de apuntarnos, con la mano libre la abrió, sacó un sándwich y se levantó de nuevo.

–Muchas horas sentado en la escalera dan hambre –dijo mientras mordía.

Mascaba lentamente, con la espalda apoyada en la puerta. El cañón de la pistola iba de Meier a Kaltwasser y yo estaba en medio. Mascaba y al hacerlo su grueso bigote se movía.

–¿Qué carajo es esto? –murmuró observando de reojo lo que comía.

–Quiere saber de qué es el sándwich –traduje entre tartamudeos.

–Carne de soja –dijo Kaltwasser y volví a traducir.

–Qué vaina, cómo pueden comer esta basura. Usted, gordito, va a levantar la mano derecha y con dos dedos de la izquierda va a sacar la pistola, luego se va a girar porque quiero ver si lleva otro fierro en la espalda –ordenó a Meier.

El policía no se movió, porque no lo entendía. El hombre escupió lo que tenía en la boca y le apuntó el cañón a la cabeza.

–Quiere que tome su pistola con dos dedos de su mano derecha y que luego se vuelva enseñándole la espalda –traduje al impávido Meier.

El detective obedeció. El hombre de la gabardina verde oliva avanzó un par de pasos, tomó la Walther reglamentaria y la guardó en un bolsillo. Luego retrocedió hasta la puerta.

–Gracias, hermano, siempre he dicho que es bueno saber idiomas. Ahora usted y yo nos vamos a dar un paseíto pues tenemos que hablar de negocios.

No conseguía mover un músculo, estaba pegado, soldado a la moqueta, pero en medio del pavor que me inspiraba el arma apuntando a mi pecho entendí que no iba a matarme ahí, no de inmediato. Aquel sujeto daba por hecho que la «NN» y yo habíamos hablado.

–¿Es sordo? Vamos, que la espera me pone nervioso. Me costaba mantener el equilibrio, me temblaba todo el cuerpo y el estómago amenazaba con volverse sólido. Desde el suelo, Kaltwasser me hizo un gesto para que obedeciera.

–Así está mejor. Antes de salir dígale a sus amigos que se queden quietecitos, sin moverse de donde están. Yo respeto a la policía alemana, pero si uno de ellos nos sigue me lo cargo, y a usted también, naturalmente.

Fue una traducción de tartamudo. Kaltwasser asintió con movimientos de cabeza. Meier lo imitó, lívido de ira al ver que el hombre pisoteaba la bolsa de los sándwiches.

Salimos y me hizo cerrar la puerta con doble llave. A empujones me condujo hasta la escalera, y cuando me aprestaba a bajar el primer peldaño me jaló de un brazo.

–No señor. Vamos para arriba. No me agradan las prisas y sus amigos van a derribar la puerta en cuestión de segundos.

Así fue. Subíamos por la trampilla que conduce al

tejado cuando un estrépito indicó que los detectives salían de mi piso.

Había cesado de llover pero los negros nubarrones hablaban de un muy breve descanso del cielo. Con el cañón del arma pegado a la espalda caminé hasta muy cerca del borde. Siete pisos me separaban de la tierra.

—Bueno, ahorremos tiempo. No sé para quién trabaja usted ni me importa. Dígame dónde está la lista y lo dejo tranquilo. Usted perdió, hermano. ¿Entiende?

Reprimiendo el vértigo miré hacia abajo. Meier y dos policías corrían por la calle.

—Todo esto es un error, no sé de qué lista me habla. Yo no sé nada de nada —alegué, y las palabras tenían un sabor salado.

—No se me ponga difícil, hermano. Gírese, no tenga miedo.

Obedecí dejando el vacío a mis espaldas. El hombre de la gabardina verde estaba a dos metros de distancia, acuclillado y disponiendo sobre el suelo las pistolas de los policías. También dejó la suya junto a las otras.

—Hablando se entiende la gente, hermano. ¿Cuánto iban a darle por esa lista? Yo le ofrezco cien mil dólares, y estamos en paz. Es una bonita suma, mucho mejor que caer desde esta altura.

En mi boca se juntaba una saliva espesa, casi sólida, imposible de tragar. El hombre de la gabardina verde se incorporó dejando las tres armas en el suelo.

—No quiero hacerle daño a menos que me obligue.

Cien mil dólares o un salto al vacío. Usted elige, hermano.

Bastaba un salto, un movimiento rápido, y podía hacerme con una de las armas, pero mis músculos no existían, yo formaba parte del universo de los tejados verduzcos de Hamburgo, un ladrillo más, cubierto de humedad.

—Estoy perdiendo la paciencia, hermano.

—Y vas a perder mucho más —dijo una voz tranquila desde la oscuridad.

El hombre de la gabardina verde se quedó quieto. Tampoco yo atiné a moverme. Desde el bosque de chimeneas apareció la figura delgada de un conocido: el yonqui del hotel Blaue Stern.

—No tema y aléjese del borde. Usted no sabe nada y es hora de que lo sepa todo. Le presento a Johnny Salas, alias comandante Ulises cuando servía en la «contra» nicaragüense. Condecorado por Reagan y ahora al servicio de otra mafia —dijo sin alzar la voz.

Hablaba pausadamente, con un tono cansado que delataba al alemán que aprendió español en Centroamérica. En su mano derecha sostenía una escopeta de cañones recortados.

—¿Quién es usted? ¿Qué diablos tengo que ver yo con todo esto? ¿Y la mujer? ¿Y el portugués?

—Johnny y la mujer trabajaban juntos, pero no se conocían. En la nueva Rusia poscomunista hay un gran mercado para órganos sanos, ojos, riñones, corazones de niños de Guatemala, de Honduras, de toda Centroamérica. La mujer era la compradora y este tipo el vendedor. Nos costó, y no pregunte quiénes somos, casi dos años dar con ella, y la seguimos hasta Hamburgo. Ella traía una lista de encargos, de nuevos clientes, hospitales privados, clínicas de cirugía estética, pero nos interesaba él.

–Sigo sin entender –dije–. Este tipo mató al portugués.

–Nosotros ejecutamos a la mujer y Johnny eliminó al portugués para borrar indicios. El portugués no era más que un recadero, su misión era recibir esa lista, además de un anticipo en dólares, y llevarlos hasta Johnny, así lo habían hecho en otras ocasiones, pero cuando encontró muerta a la mujer se puso nervioso, llamó a su jefe y el «héroe de la libertad» mordió el anzuelo. Nosotros dejamos una libreta con su nombre y número de teléfono en el bolso de la mujer, lo elegimos al azar, usted fue la carnada e íbamos a protegerlo en todo momento; sin embargo, Johnny cometió un error de principiante y la policía se puso de por medio.

–No entiendo absolutamente nada –insistí.

–Mierda –murmuró el hombre de la gabardina verde.

–Sí, mierda. Tu error fue arrancar la hoja con los datos y dejar la libreta. La policía simplemente repasó los trazos marcados en la hoja siguiente.

–Pero a usted lo vi esta mañana frente al hotel –dije.

–Lo seguía, para protegerlo. Siempre íbamos a cuidar de usted. Ahora márchese y olvide todo esto –me pidió el yonqui del hotel Blaue Stern.

–Lo vi inyectarse algo, ¿heroína?

–Suero. Para ser transparente hay que disfrazarse de basura.

Extrañamente, el hombre de la gabardina verde parecía tranquilo. Tenía tres armas junto a los zapatos pero sus ojos sólo miraban la escopeta de cañones recortados que le apuntaba.

–¿Quién tiene la lista?

–Alguien. Y ahora lárguese. Se acabó su participación en esto.

–Debo avisar a la policía.

–Hágalo. Le advierto que no le van a creer.

Bajé a saltos la trampilla y me lancé escaleras abajo. La puerta de mi piso estaba en el suelo y los vecinos miraban con cara de espanto. Marcaba el número de la policía cuando escuché los gritos en la calle.

El hombre de la gabardina verde oliva se había estrellado contra unos contenedores de basura. Su cuerpo despatarrado era una basura más.

Los detectives Meier y Kaltwasser, seguidos de otros policías, llegaron a la carrera hasta mi piso y me encontraron mirando el oscuro cielo de Hamburgo. Los llevé hasta la trampilla, subimos al tejado y no encontramos más que viento y soledad. El ángel vengador había volado lejos, ojalá muy lejos, hacia otros rumbos donde la mano del hombre debe a veces corregir lo que los dioses olvidan.

La reconstrucción de La Catedral

A mis amigas y amigos de Asturias,
que me han devuelto la tierra bajo los pies

Aquel viaje sólo empezó a tener sentido ante la visión de los restos que se amontonaban junto a La Catedral, o, para ser más precisos, a lo que quedaba de La Catedral, el hasta hace muy poco glorioso tugurio de paredes de caña y techo de calaminas regentado por Eladio Galán, un colombiano que algún mediodía perdido entre las brumas de la memoria atracó su canoa en el muelle de El Idilio, bajó a tierra moviéndose con los ademanes plantígrados que acreditaban su condición de hombre de pies planos y, alzando los dos objetos preciosos que cargaba –un acordeón y una garrafa de ron–, saludó con un estentóreo: «¡Caballeros, ha llegado el sabor!», magnífica afirmación que, sin embargo, no sacó de la modorra a los pocos lugareños que a esa hora canicular no querían saber de otra conmoción que el suave mecer de las hamacas.

–Bueno, viejo, aquí estamos otra vez –murmuró el doctor Rubicundo Loachamín, el dentista que en un pasado demasiado próximo, y por eso a salvo de la corrosión del olvido, visitaba los poblados amazónicos crecidos y descrecidos junto a los ríos Zamora, Yacuambi y Nangaritza, mitigando pesadillas molares a fuerza de sermones ácratas y rehaciendo sonrisas con las prótesis que exhibía sobre un tapete de dignidad cardenalicia.

El aludido, Antonio José Bolívar Proaño, un hombre de edad indefinible que prefería que lo llamaran «el viejo» para no tener que escuchar tanto nombre de prócer, antes de hablar se llevó una mano al bolsillo del pantalón, extrajo el pañuelo que envolvía su dentadura postiza, la acomodó en su boca, chasqueó la lengua, escupió y miró el panorama de desolación que se abría ante sus ojos.

–Pandilla de cabrones, arrasaron el pueblo –comentó.

–¿Y qué otra cosa esperabas del Gobierno? –replicó el dentista.

–¿De cuál habla? ¿Del peruano o del ecuatoriano? –inquirió el viejo.

–Qué importa. Los dos son mierda cagada por el mismo culo –filosofó el dentista.

Los dos hombres, unidos por una amistad de pocas palabras y tan antigua como la memoria, habían llegado hasta las ruinas de El Idilio luego de una semana de marcha por una selva amenazadoramente silenciosa y que, a más de medio año de finalizadas las hostilidades entre Perú y Ecuador, no recuperaba los aromas primigenios y, en cambio, todo en ella hedía a muerte.

Siete días atrás, en el claro de selva junto a la quebrada de Shumbi que reunía a los prófugos habitantes de El Idilio, el alcalde gordo y sudoroso había intentado recuperar su importancia cívica valiéndose de un encendido mas no bien entendido discurso.

—Ciudadanos, ha llegado la hora de restaurar la presencia nacional en la Amazonia. Todos los hombres en edad de servir a la patria y dispuestos al sacrificio que den un paso adelante —dijo el gordo aferrado al mango de un paraguas que mostraba sus plateadas costillas entre los restos de una tela que alguna vez había sido negra.

—¿A qué patria, excelencia? —consultó uno de los prófugos.

—A la nuestra, pendejo. A cuál va a ser —replicó el alcalde.

—El problema es que ahora no sabemos si somos peruanos o ecuatorianos, y las dos posibilidades me importan una verga. Si volvemos, o nos hacen matar vistiendo el uniforme de cualquiera de las dos patrias, o nos fusilan por espías —acotó otro de los fugitivos.

El alcalde se secó el sudor que le bañaba el rostro, alzó el paraguas y con él indicó al grupo de shuar que contemplaban divertidos la escena.

—Y ustedes, selváticos, ¿están dispuestos a servir a la patria?

Los shuar buscaron al viejo y hablaron con él en su idioma, escupiendo generosamente luego de cada frase.

—Dicen que la guerra la empezaron los blancos y que no van, porque todo el territorio está lleno de las plantas de la muerte —tradujo el viejo.

El alcalde maldijo la falta de valor, el escaso amor a la patria, sudó copiosamente en concordancia con el ardor de su discurso, pero los prófugos no lo escucharon. Tenían toda la atención centrada en la docena de monos que se asaban lentamente en un costado del claro.

El dentista y el viejo habían charlado largamente sobre la posibilidad de regresar a El Idilio. El viejo sabía que se les venía encima la estación de las lluvias y que el conflicto había trastornado la conducta de los animales. Los felinos y los grandes reptiles se habían hartado de carne humana, pues los soldados abandonados al infortunio de sus heridas les habían enseñado que el hombre era la más fácil de las presas y que cuando las lluvias les pegaran las tripas a las costillas irían a por lo más cercano: ellos.

–Con todo respeto, excelencia, al margen de sus pendejadas sobre la patria, yo también creo que debemos volver –acotó el viejo.

–Vaya, por lo menos uno quiere recuperar su hogar. No esperaba menos de ti, viejo –saludó el gordo.

–No se confunda. Se trata de alcanzar un lugar seguro. El viejo sabe que ya se nos echan encima las lluvias y que los shuar se marcharán antes de que caigan las primeras gotas. Nos han cuidado y alimentado durante todo este maldito tiempo, pero se irán –precisó el dentista.

El gordo inició un nervioso paseo aferrado al mango del paraguas. Sabía que los prófugos lo detestaban desde siempre, y que tal inquina había crecido alimentada por el caldo del desprecio que empezó a cocinarse la aciaga mañana en que las primeras granadas de mortero cayeron sobre El Idilio, desbaratando el sillón de barbero del dentista y la choza de la alcaldía.

«¡Las banderas! ¡Hay que coser unas banderas!», gritó entonces el alcalde entre la batahola de gentes que no sabían adónde correr.

«¡¿De qué putas banderas habla?!», le preguntó el doctor Loachamín recogiendo las prótesis dentales dispuestas sobre el muelle.

«Hay que coser una peruana y una ecuatoriana. No sabemos cuál de los ejércitos llegará primero», respondió el alcalde.

«No sea pendejo. Las únicas banderas que valen son las de la Texaco y la Shell. Ellos están detrás de esta puerca guerra», espetó el dentista antes de seguir al viejo, que ya empezaba a dirigir el repliegue de los lugareños hacia la selva.

Casi seis meses habían pasado desde aquel día, y allí estaban, en un claro de selva, esperando a que los micos cazados por los shuar terminaran de asarse sobre las brasas.

–Yo iré primero. Si al cabo de dos semanas no he regresado, sigan a los shuar y hagan exactamente lo que ellos les indiquen. El territorio brasileño está a unos veinte días de marcha y tal vez consigan llevarlos a un lugar seguro –declaró el viejo y se alejó del grupo.

Los shuar habían auxiliado a los prófugos sólo porque el viejo los acompañaba. No entendían a aquellos hombres y esas pocas mujeres llegados a la Amazonia para sucumbir a la pesadilla de la pobreza y el miedo.

147

Apenas conseguían pescar un raspabalsa, el más lento y amodorrado de los peces; no lograban diferenciar los frutos dulces de la guanábana de la engañosa pulpa de la tabernamontana, que olía igual, sabía igual, pero lejos de perfumar los paladares precipitaba los cuerpos hacia el vergonzoso torrente del cólico; ignoraban que la carne del mono gruñón era tierna y dulzona, prefiriendo en cambio la del perezoso tzanza, fácil de tumbar desde los árboles pero puro nervio al que jamás le entraba el diente. Extrañas gentes esos blancos, mas al viejo lo respetaban porque era diferente.

Era como uno de ellos, pero no era uno de ellos. Un error cometido hacía ya demasiado tiempo lo había obligado a dejar el territorio shuar, y los amazónicos lo seguían para hacer menos duro su exilio. Además, lo apreciaban por su curiosa costumbre de leer novelas de amor que más tarde les relataba, emocionado, durante los largos atardeceres de la estación seca.

El viejo llegó junto a los shuar, escupió tres veces con la solemnidad del que se apresta a decir la verdad, se acuclilló junto a ellos, y con las manos y con los ojos y con la boca habló en uno de los noventa idiomas de la Amazonia.

Los prófugos raspaban quemados huesos de mico cuando el viejo regresó hasta el claro. Rápidamente les refirió que los shuar estaban de acuerdo en esperar dos semanas antes de conducirlos selva adentro, cruzando los territorios ashuar, aguaruna, machiguenga y kogapakorí. Si él no regresaba en el tiempo acordado, entonces serían llevados hasta la región de las grandes lagunas, donde anidan las cigüeñas jabirú.

–Yo voy contigo, viejo. Algo sé de toda esta vaina –dijo el dentista echándose a la espalda el morral que contenía su patrimonio: un juego de pinzas extractoras, dieciséis prótesis dentales salvadas del bombardeo y un atado de cigarros de hoja dura. El viejo, por su parte, se echó al hombro una cerbatana ofrecida por los shuar, y en su macuto ordenó un atado de dardos finos como mondadientes, la calabaza con tela de araña y una pequeña bolsa de piel de boa con varios gramos de fatídico curare.

Caminaron cinco días atravesando una selva que no ofrecía vestigios del conflicto. Las aves enmudecían a su paso, los micos los observaban con tímida curiosidad, los reptiles los evitaban con siseos discretos y los insectos avisaban de su presencia con la monótona telegrafía de sus patas y membranas. Sólo al sexto día la selva empezó a mostrarse de una manera inusual: no había en ella otra vida que la vegetal, y eso alertó a los dos camaradas.

Ese mismo día, y en un recodo de playa, el dentista detuvo la marcha del viejo sujetándolo de un brazo. Alargó la otra mano y con ella le señaló una extraña garra metálica sobre la superficie de arena demasiado lisa.

Retrocedieron una docena de pasos y, desde allí, el viejo, tras introducir un dardo en la cerbatana, apuntó y sopló con energía. Apenas el dardo tocó la garra metálica cuando la explosión estremeció la selva.

–Las plantas de la muerte –murmuró el viejo.

–Minas antipersona. La civilización –apuntó el dentista.

Hicieron estallar varias de aquellas trampas mortales hasta que, finalmente, consiguieron llegar a lo que quedaba de El Idilio, a los restos que se amontonaban junto a La Catedral.

–¿Qué habrá sido de Galán? –preguntó el dentista.

Sí, ¿qué suerte habría corrido ese colombiano de hablar optimista y ampuloso? A poco de recorrer las ruinas del poblado se toparon con el acordeón destripado. El dentista tomó los restos y del fuelle escapó un postrer soplido que les recordó una vez más la ausencia del músico.

«¿Y de dónde viene, paisano?», le habían preguntado apenas posó los pies en el muelle, y en lugar de responder con las ordenadas palabras de todos los hombres, se sentó en uno de los troncos que servían para los amarres, llenó el acordeón con el espeso aire del mediodía y desgranó una melodía desconcertante, porque alegraba y entristecía al mismo tiempo.

«Caballeros», declamó siguiendo el ritmo de las notas, «vengo del César y del Magdalena, o, si prefieren, del mismo centro de la Guajira.»

En un tiempo tan breve como la dicha, todos los lugareños se arremolinaban en torno a Galán y su acordeón para escuchar aquellos vallenatos que contaban historias de machos muy machos, de tiernos

150

muy tiernos y de hembras muy hembras, con versos que estremecían el corazón y enloquecían las piernas de deseos de bailar.

«Caballeros», dijo al segundo o tercer día de su llegada, «la música y el músico precisan de un techo que los distancie de las estrellas, y la garrafa de ron de mesas cubiertas con el mantel de la amistad.» Le ofrecieron instalarse en cualquiera de las chozas y, más aún, se disputaron el privilegio de hospedarlo, pero Galán venía marcado por el indeleble sello de los constructores.

«Caballeros, sin despreciar a ninguno, quisiera saber qué es lo que falta en este pueblo», preguntó entre nota y nota.

«Todo. Falta de todo y algunas cosas más», apuntó uno.

«Desde el punto de vista de la moral, sería bueno contar con una iglesia», dijo el alcalde, convencido de que tras ese acordeón se escondía un mecenas o un afortunado garimpeiro que había sobrevivido a las trampas de la selva y del rey de bastos.

«¡Eso me gusta! ¡Caballeros, pues como falta una iglesia, vamos a construir una catedral!»

Y así nació La Catedral. Jamás El Idilio conoció el frenesí de un voluntariado tan fervoroso, que en cuestión de horas levantó los muros de caña y palmera y desbarató la techumbre de calaminas del ruinoso «almacén de insumos», cementerio de ratas y último vestigio del gran proyecto de colonización de la Amazonia.

El dentista le alargó un cigarro al viejo, y se sentaron a fumar sobre los restos del muelle.

–¿Se habrá salvado el colombiano? –meditó el viejo.

–Espero que sí. Me caía bien, aunque no llenó de ángeles La Catedral –comentó el dentista.

No. No la llenó de ángeles. Hasta la memoria de Antonio José Bolívar Proaño acudió la voz chillona de Bruno Baroni, el cirquero, que en realidad se llamaba Leocadio Urzúa, y por tal motivo no le simpatizaba. No entendía por qué renegaba de su nombre. No lo entendía, pese a saber de muchos cantantes de radio que actuaban bajo nombres pretenciosos, y pese a haber leído historias en las que algunos personajes cambiaban temporalmente los suyos, pero siempre obligados por motivos que los enaltecían. Por ejemplo, en *Carne de cárcel*, novela de Eduardo Zamacois, el héroe, Olegario Batista, cambiaba su nombre para que sus hijos no lo reconocieran y aceptaran su ayuda sin avergonzarse. Sólo al morir reunió a sus vástagos para confesarles su verdadera identidad. Eso era comprensible; lo había hecho por amor y ese sentimiento lo justifica todo.

Leocadio Urzúa se hacía llamar Bruno Baroni porque, al parecer, ese nombre resaltaba su importancia de director de circo invitado a La Catedral y lo autorizaba para meter palabras raras en las presentaciones.

«*Signoras* y *signores*, respetables pioneros del progreso en la Amazonia. El circo Baroni, el *piu groso circo del mondo*, se complace en presentar en *questa bella* catedral de El Idilio un *spectacolo* grandioso y nunca visto. La *signorina* Alma Lamur, fonomímica de fama internacional que nos trae las inolvidables canciones de las hermanas Navarro, Sarita Montiel, Imperio Argentina y muchas otras estrellas del séptimo arte. El *signore* Billy Rogers, hombre pájaro que desafía a la muerte con sus acrobacias aéreas. La prestigiosa *signora* Casandra, quiromántica de fama *mondiale*. El intrépido *capitano* Carlo Agosti, domador de fieras con *il suo spectacolo* de osos de Alaska, y los *fratellos* Chispita y Chispón, *gonfalonieris* del buen humor, caballeros de la risa. Todo esto y mucho más podrán verlo en la catedral de El Idilio y con el patrocinio del excelentísimo *signore* alcalde. Cincuenta sucres la entrada, *bambinos* gratis, siempre que asistan acompañados por sus legítimos padres.»

El viejo y el dentista daban lentas chupadas a sus cigarros. Nunca precisaron de muchas palabras para entenderse, y ahí, junto a los restos de La Catedral, sabían que estaban pensando en lo mismo, por ejemplo en la *signora* Casandra, quiromántica que nunca llegó más allá de predecir una dolencia de próstata o un amor glorioso al otro lado de los montes, pero que contagiaba el luto de su viudez y aguaba las pasiones del presente.

–Alma Lamur me daba pena –confesó el viejo.

Alma Lamur, que, maquillada con la palidez de un niño muerto en la sierra, se movía prestando su cuerpo y su boca a unas voces demasiado alejadas y brutalmente envejecidas por las rayaduras de los discos, se

153

llamaba en realidad Leontina Díaz, también era viuda y el tan raído como escotado vestido de lentejuelas verdes no conseguía disimular los vestigios del traje cerrado de la pena que vistió al quedarse sola.

Su hombre, Elpidio da Silva, era un garimpeiro que tuvo la mala fortuna de dar con un peñasco de oro que generó una tormenta de envidia hasta más allá de las tres fronteras, y si algún provecho sacó de tal riqueza fue obtener los favores nupciales de Leontina Díaz y una prótesis de treinta y dos dientes que brillaban iluminados por la codicia de todo aquel que se cruzaba en su camino, hasta que le borraron la sonrisa a golpes de machete.

Leontina, ya viuda, para no arriesgar el recuerdo del cónyuge con las trampas de las condolencias que querían prolongarse hasta sus sábanas, lió sus pertenencias y unida a la tropa del cirquero llegó hasta La Catedral, prestando su boca marchita a voces que la hicieron suspirar antaño, en su pasado de mujer envidiada.

–A Billy Rogers le llené la boca con dientes de porcelana y no alcanzó a pagármelos –comentó divertido el dentista.

Billy Rogers era un moreno de Esmeraldas que fanfarroneaba asegurando ser de Nueva Orleáns. Todo su arte consistía en un par de pruebas de funambulismo que no siempre le resultaban y en hacer malabares con media docena de papayas verdes y otras tantas botellas de Frontera. Su nombre verdadero era Teófilo Zamudio, y aprendió el arte del funambulismo colgado de cables sobre ríos infestados de pirañas, cuando, pagado por la Texaco, instalaba las tarabitas por las que más tarde pasarían los ingenieros del petróleo, de uno en uno, balanceándose y cagados de pánico.

—También le arregló la sonrisa al domador. Qué buen tipo, ¿verdad, doctor? —apuntó el viejo.

El *capitano* Carlo Agosti era portador de dos verdades rotundas y una a medias: se llamaba efectivamente así y era el único extranjero del elenco. Lo de *capitano* no pasaba de ser un adjetivo simpático y que le sentaba bien al argentino sesentón.

Agosti llegó a la selva convencido de que las paparruchadas contadas desde los tiempos de la Conquista tenían algo de cierto. Esperaba encontrar frutos que en lugar de pepas tuvieran esmeraldas y peces con callos de oro entre las agallas. Cuando luego de quince años de deambular por territorios húmedos y calientes se vio tan amarillo como un chino de cuento, con la boca podrida por el escorbuto y los huesos desubicados tras las tembladeras de la malaria, abandonó las callanas y palas de buscador de fortuna y se dedicó a enseñarle algunas gracias a un perro. De esa manera se ganaba la vida en los poblados ribereños, y así llegó a La Catedral.

La verdad a medias era que no tenía osos de Alaska, sino un solo oso viejo y artrítico. Lo había comprado en el remate de un circo arruinado en Iquitos, y en cada función el animal subía a los practicables a dar volteretas con expresión ausente, tal vez pensando en su lejana patria de fríos necesarios para olvidar la muerte empalagosa y caliente que lo agobiaba y le robaba a manotazos la pasada majestuosidad de su pellejo marrón.

Las sombras de la tarde se fueron adueñando de las ruinas de El Idilio. El viejo se alejó hasta la selva y al poco tiempo regresó con dos gallitos de peña que desplumó mientras el dentista encendía una hoguera. Comieron mirando el incesante paso del río, sus lenguas de agua verde arrancando maderos del destrozado muelle y arrastrando un silencio tan denso como el panorama de desolación que los rodeaba.

Luego de comer, el dentista se llevó una mano a un bolsillo del pantalón y extrajo la petaquita de vidrio y bronce. La movió y suspiró con expresión de cabreo.

–Qué vaina, viejo. Quedan apenas dos buches de aguardiente –dijo pasándole la botella.

–A su salud, doctor –brindó Antonio José Bolívar.

–¿Sabes qué me gustaría ver en este momento, viejo?

–Claro. Le gustaría ver aparecer por el río al *Sucre*, a todo el pueblo alertado por sus campanadas corriendo hacia el muelle. ¿Ve cómo lo conozco, doctor?

–Y yo correría a recibir un nuevo sillón para arreglar sonrisas. ¿Habrá sido una bomba peruana o ecuatoriana la que me jodió el negocio?

–A mí me gustaría ver a los cirqueros despidiéndose de El Idilio luego de vaciar casi todo el trago de La Catedral. Sentir la pena del adiós y la dicha de un posible reencuentro –suspiró el viejo.

Antonio José Bolívar creyó ver las dos canoas que transportaban al circo alejándose lentamente del muelle. En la primera, la figura más notoria era la de Leocadio Urzúa sentado encima de un baúl y con el gramófono de latón pegado a la boca. Detrás de él, los demás artistas aferrados a sus maletas. En la segunda transportaban los practicables, las cuerdas y al oso recostado en la parte de popa.

La estrechez de la embarcación no permitía llevar al oso en una jaula, y para evitar que con sus movimientos torpes, de oso a fin de cuentas, volcara la canoa, antes de zarpar le daban de beber una mezcla de leche de acémila, miel y aguardiente Frontera, del «tómalo no más, no sabes lo que te espera».

El animal recibía la botella litrera provista de un descomunal chupete, y despachaba sin respirar el combinado conocido como «ponche del oso» en muchos poblados amazónicos. A los pocos minutos dormía como una piedra, panza arriba, ajeno a los pormenores de la navegación y con expresión de plantígrado idiota.

Antonio José Bolívar no supo si dormía o se dejaba llevar por los recuerdos cuando el dentista lo remeció por un hombro. Amanecía. Una niebla baja cubría las copas de los árboles, y desde la espesura cercana les llegó con entera nitidez el ruido de una rama al quebrarse.

–¿Escuchas? –susurró el dentista.

–Sí. Y es alguien con zapatos. Un pie descalzo hunde la rama, no la rompe –apuntó el viejo.

–¿Milicos? ¿Intentamos cruzar el río a nado?

–Usted primero, doctor –dijo el viejo impregnando un dardo en curare.

–¿Estás loco? Tienen armas automáticas.

–Y también miedo. Le doy al que lleve galones y lo sigo.

El viejo levantó la cerbatana y apuntó con ella hacia el lugar de la espesura del que había escapado el ruido. La carcajada del dentista lo contagió y sopló el dardo hacia el río. Eladio Galán salía de la selva con las dos manos sobre la cabeza y repitiendo:

–¡Me rindo, caballeros! ¡En nombre de la convención de Ginebra, me rindo!

Al reconocerlos, bajó las manos y corrió hacia ellos. Estaba flaco como una caña de bambú y los harapos que vestía le daban un aspecto de náufrago.

–¡Carajo, Galán, estás vivo! –exclamó el dentista.

–Con permiso, caballeros, pero medio año de vegetariano me tiene hasta los cojones –dijo precipitándose sobre los chamuscados restos de los gallitos.

–¿Por qué no te fuiste con nosotros cuando empezó la vaina, y por qué volviste? –preguntó el dentista.

–Es una larga historia, pero éste es mi lugar y aquí me quedo –respondió mientras roía huesos.

El doctor Rubicundo Loachamín miró al viejo. Sobraban las palabras para decirle que el colombiano era como ellos, que también se le había metido la selva dentro, con sus peligros y su embrujo, con su violencia y su brutal piedad, con su amor de tormenta y polen, con su odio de crótalo y alacrán. Qué importaba que dos gobiernos de mierda hubieran destrozado El Idilio, desmoronado La Catedral, expulsado a ninguna parte a los que jamás tuvieron parte alguna, si ellos habían vuelto en nombre de todos y por todos se quedarían allí.

–Hay mucho que hacer –comentó el viejo.

–Sí. Todo está por hacer. Es una vaina continental –apoyó el dentista.

Entonces los tres hombres se miraron, se escupieron en las manos, tomaron las primeras tablas, buscaron clavos, amarras y todo cuanto clamara por su perdida dignidad vertical, y empezaron la reconstrucción de La Catedral.

El árbol

A Lucas Chiape,
el hombre del bosque

En la isla Lenox hay un árbol. Uno. Indivisible, vertical, terco en su terrible soledad de faro inútil y verde entre la bruma de los dos océanos.

Es un alerce ya centenario y el único sobreviviente de un pequeño bosque derribado por los vientos australes, por las tormentas que hacen risible la idea cristiana del infierno, por la implacable guadaña de hielo que siega el sur del mundo.

¿Cómo llegó hasta ese lugar reservado al viento? Según los isleños de Darwin o de Picton, transportado en el vientre de alguna avutarda, como semilla germinada y emigrante. Así llegó, llegaron, se abrieron camino entre las grietas de la roca, hundieron las raíces y se alzaron con la verticalidad más rebelde.

«Eran veinte o más alerces», dicen los viejos de las islas, que no tienen la mitad de los años del árbol sobreviviente ni llevan más de unos pocos en ese mundo donde el viento y el frío susurran: «Vete de aquí, sálvate de la locura».

Fueron cayendo uno tras otro con la lógica de las maldiciones marinas. Cuando el viento polar doblegó al primero y su tronco se partió con un rumor terrible, y que sólo se escuchará de nuevo –dicen los mapuches– el día en que se rompa el espinazo del mundo, empezó la condena del último árbol de la isla. Mas el camarada caído tenía en sus ramas el vigor de todos los vientos sufridos, de todos los hielos soportados, y su memoria vegetal fue sustento de los otros.

Así se hicieron fuertes, continuaron el desafío de tocar el cielo bajo de la Patagonia con las ramas, y así fueron cayendo, uno tras otro, de forma definitiva. Sin doblegarse en vergonzosas agonías, esos árboles azotaron, desde la copa a la raíz, a las rocas, y a los vientos victimarios dijeron: «He caído, es cierto, pero así muere un gigante».

Uno quedó sobre la isla. El árbol. El alerce que apenas se vislumbra al navegar por el estrecho. Rodeado de muertos que son suyos, impregnado de memoria, y temporalmente a salvo de los leñadores, porque su soledad no compensa el esfuerzo de atracar la nave y subir por las escarpadas rocas a tumbarlo.

Y crece. Y espera.

En la estepa polar, otros vientos afilan la guadaña de hielo que ha de llegar hasta la isla, que inexorablemente ha de morder su tronco, y, cuando llegue su día, con él morirán definitivamente los muertos de su memoria.

Pero mientras espera el inevitable fin, sigue vertical sobre la isla, altivo, orgulloso, como el estandarte imprescindible de la dignidad del Sur.

La lámpara de Aladino

A las buenas gentes de Argel,
Tipaza y Orán

Aladino Garib no estaba muy seguro de su nombre, pero, qué diablos, de alguna manera tenía que llamarse aquel palestino desembarcado en Puerto Edén tras haber navegado por el laberinto de canales que confluyen en el Estrecho de Magallanes. Apenas pisó tierra, deshizo el fardo de calzoncillos afranelados, de camisetas inmunes a los gélidos vientos australes, de calcetines tejidos con la más virgen de las lanas en la isla grande de Chiloé, de agujas alemanas, hilos de Tomé y botones multicolores y que a las mujeres *kawésqar* les resultaron mucho más seductores que las chucherías que croatas, galeses, chilenos y otros sujetos venidos de quién sabe dónde ofrecían a cambio de ser guiados hasta las ensenadas donde parían las lobas marinas de tres pelos, pues las pieles albinas de los cachorros recién nacidos les atraían más que los buenos mariscos y otros tesoros de los canales.

Su castellano cargado de resonancias levantinas hizo que los posibles compradores le llamaran «Turco» de inmediato, y el hombre, acostumbrado a la simplicidad de las gentes perdidas del austro, no intentó explicar que si deambulaba entre las islas vendiendo mercancías de abrigo, mercerías, cuchillos y peroles, era porque la diáspora empezada con su abuelo tenía el sello de las fugas infinitas, cuyo único consuelo consistía en maldecir a los otomanos, sin que importara si recordaba o no las razones de aquel odio convertido en costumbre inofensiva, pues los exilios demasiado prolongados suavizan de olvido todas las pasiones.

Así, el Turco vendió parte de sus mercancías sin que nadie preguntara por su nombre y repitiendo las bondades de sus calzoncillos, que jamás encogían por más que se lavaran, libres del destino menguante de las partes viriles –agregaba–, y de sus camisetas de suave franela cuyo calor tornaba más dulces y amorosos a los corazones que resguardaba de las inclemencias patagónicas. Decía el precio de un paquete de agujas fraguadas en las lejanas acerías de Solingen, o de una docena de botones obtenidos de la lentitud de un galápago, y las gentes de Isla Wellington ponderaban en silencio, meditaban sin palabras, para finalmente echar mano al bolsillo sin pensar en la ceremonia del comercio, en el necesario regateo que deja al mercader como un virtuoso capaz de renunciar a la ganancia y al cliente cual ejemplo de astucia a la hora de valorar lo que sus manos no pueden hacer.

El Turco tardó poco menos de una hora en aligerar su carga entre los veinte o más hombres, sin mujeres, llegados desde confines variopintos en busca de riqueza en esa isla multiforme, flanqueada por canales, por el golfo de Penas y el Estrecho, hendida de fiordos, con restos de bosques tan antiguos como el aire y tapizada de un espeso musgo en el que, según el conquistador Sarmiento de Gamboa, «puede un hombre hundirse hasta el cuello, por lo que se hace menos fatigoso andar por las copas de los árboles».

Los primeros europeos y criollos habían casi exterminado a los lobos marinos de dos pelos, los zorros eran astutos, defendían sus colas con tesón, y las riquezas marinas de aquellas aguas frías exigían una dedicación ajena al ánimo de hacer fortuna. Los hombres que rodeaban al Turco estaban ahí, simplemente, esperando un golpe de suerte en el que habían dejado de creer, algunos añorando lejanas patrias que el viento patagónico desperfilaba, y otros resignados a su locura de náufragos en el fin del mundo.

Cuando los blancos se retiraron, los *kawésqar* le ofrecieron un pan de algas e, indicando las mercancías, exclamaban *«laáks»* con tono preocupado. El Turco era veterano en los canales, había comerciado con *alakalufes* y *kawésqar*, conocía algunas palabras en su lengua de resonancias pétreas, y respondió: «No *laáks*, no mantas», pero, de la misma manera que resulta absurdo decir agua frente a una cascada, la negación del calor al decir que no tenía mantas se perdió en los labios carnosos y en los ojos color miel de una *kawésqar* que le sonreía.

El Turco sabía que las islas son naves de piedra, que no tienen habitantes sino tripulaciones que llegan, se quedan y se van. También sabía que en las islas patagónicas los hombres pierden el pasado, pues así lo aseguraban los vascos de los archipiélagos de Chiloé y Las Guaitecas, náufragos de balleneras cuyos armadores consideraban que era más rentable contratar nuevos marinos que enviar a rescatarlos, y así, los originarios apellidos Etxeberría u Olavarría pasaban a sonar simplemente Barría, ya fuera por un afán de economizar lenguaje o de sordera intencionada.

«*Laáks*», repitió la *kawésqar* y le enseñó dos ristras de cholgas ahumadas. El Turco rechazó las sartas de mejillones grandes como puños, dijo que lo sentía, que no tenía mantas, y con un gesto la invitó a revisar las mercancías que aún quedaban sobre la playa de conchas.

En la pulpería ocupó la única mesa y desde ahí vio cómo los *kawésqar* comprobaban la solidez de los peroles y el filo de los cuchillos. Alguien le entregó la pavita del agua caliente y el tarro con la yerba mate, pero el Turco consultó si le podían hervir el agua y, cuando la pavita regresó echando chorros de vapor por el pico, echó en una jarra un puñado de hierbas aromáticas, bastante azúcar, y bebió complacido junto a los parroquianos que se acercaban a preguntar de dónde venía, qué había visto en sus viajes, si algún vapor de bandera inglesa atravesaba el Estrecho o si la guerra en Europa había terminado.

El Turco respondía al gusto de todos, pues sabía que no existe otra verdad más fuerte que aquella que queremos oír. Un galés le acusó de insensato por dejar sus mercancías al alcance de los *kawésqar*, un gallego apostó a que los indios le robarían más de un objeto, y un croata sostuvo que las indias eran más ladronas que los hombres.

El Turco apuró los restos de azúcar con una cucharilla, le dio lumbre a la pipa y preguntó si podía contarles una historia.

«Adelante», dijo el galés, «somos todo orejas», apuntó un polaco, «pero vamos, dejadlo hablar», terció el gallego.

–En algún lugar ni muy cerca ni muy lejos de la tierra de mis ancestros –empezó a decir el Turco–, hay un monte llamado Chenón que se alza como una torre frente al mar Mediterráneo. Si miras a tu izquierda puedes ver los destellos de las cúpulas de Orán, y si miras a tu derecha verás un minarete argelino casi clavado en el cielo. En tiempos antiguos y cuando la maldad aún no se inventaba, los mercaderes fenicios atracaban en las faldas del monte, bajaban a tierra, extendían mantas y tapices, sobre ellos dejaban los bienes que daban razón a su quehacer de comerciantes y enseguida se retiraban a sus embarcaciones. Desde ellas, suavemente mecidos por el mar amable, veían cómo las gentes del monte Chenón se acercaban, miraban, elegían, apartaban lo que deseaban y junto a los bienes elegidos dejaban lo que ofrecían en trueque. Luego se retiraban hasta la cima del monte. Entonces los fenicios volvían a tierra y decidían si esa ánfora de miel era el precio justo para el atado de anzuelos, si esos ovillos de lana recién escardada compensaba el valor de una jarra de aceite o vino perfumado. Si el pago era justo, tomaban lo ofrecido; si no lo era, restaban una parte de la mercancía, y si era excesivo, agregaban algo más. Una vez terminada la operación comercial, volvían a sus naves, hinchaban las velas y se largaban en pos del horizonte. Así fue el comercio entre fenicios y chenones durante varios siglos, como dije, en algún lugar ni muy cerca ni muy lejos de la tierra de mis ancestros.

–Pero se acabó –dijo el gallego, y el galés quiso saber por qué.

–Se terminó cuando alguien insinuó a los fenicios que los chenones robaban –contó el Turco.

Enseguida dejó unas monedas por el agua hervida y el azúcar, y regresó a la playa de conchuelas para cerrar tratos con los *kawésqar*.

Esa noche, el Turco levantó su tienda en el linde de un bosque de coigües y araucarias. El aire olía a madera y a mar. Fumando su pipa, hizo un recuento de sus bienes, se dijo que no había sido un mal día y se metió bajo la gruesa manta castellana dispuesto a dormir en paz.

Se disponía a apagar de un soplido la lámpara de latón cuando la mujer *kawésqar* irrumpió en la tienda.

–*Laáks!* –dijo a manera de saludo e indicando la oscura y espesa manta que lo cubría.

–No, no *laáks*, no está en venta –respondió el Turco.

La *kawésqar* lo miró a los ojos, sonrió al ver que en ellos se reflejaba dos veces la llamita de la lámpara, y con un movimiento enérgico se quitó la saya de piel que cubría su cuerpo esbelto de navegante y cazadora. Era una mujer *kawésqar*, la razón del fuego que consume a los hombres.

El Turco contempló su cuerpo esbelto, los muslos

172

firmes, las caderas sostenidas por la más recia arboladura, el vientre plano y los senos destinados a amamantar a los mejores hijos del mar.

Durante horas la amó entre jadeos, embates y derrotas. Encima de ella se sintió a bordo de la nave más segura, y ella montada en su vientre era la más grácil de las amazonas.

Al amanecer, el Turco se llevó una mano al pecho y dijo que se llamaba Aladino.

–A ver, di mi nombre, Aladino –le pidió, pero la *kawésqar* respondió con palabras, sonidos duros como los arrecifes de Isla Wellington.

–*Laáks?* –preguntó la mujer abrazada a la manta castellana.

–Sí, *laáks*, es tuya –respondió Aladino acariciando la negra cabellera de la mujer, que caía hasta sus nalgas y se unía a la oscuridad de la manta.

La mujer se señaló a sí misma apuntando sus senos con un dedo.

–Sí, *laáks* de Aladino ahora es tuya, ahora es *laáks* de comoquiera que te llames.

La *kawésqar*, de rodillas, acariciaba la manta, la llevaba hasta sus mejillas y sonreía complacida. La débil llamita de la lámpara bañaba de miel su cuerpo. El Turco la vio ponerse de pie, cubrirse nuevamente con la saya de pieles de guanaco, hacer un rollo con la manta castellana, hasta que sus ojos se posaron en la lámpara.

–También es tuya, es justo. Se llama lámpara y funciona así, ven que te enseñe, aquí pones grasa o acei-

173

te, dejas que la mecha asome por el pico y la enciendes. Toma, es tuya.

–Lámpara de Aladino –musitó la mujer *kawésqar* mientras la tomaba como al más delicado de los objetos.

–Sí, es la lámpara de Aladino –aseguró el Turco, y salió de la tienda para llenar sus pulmones con el aire perfumado de los bosques y los mares australes.